ORC HERO STORY

半獸人英雄物語

忖度列傳

5

理不尽な孫の手

illustration
朝凪

Kadokawa Fantastic Novels

忖度（ㄘㄨㄣˇㄉㄨㄛˋ）：揣測他人心情。亦指揣測並顧慮對方狀況之意。

（出自維基百科）

HERO STORY

Succubus country

魅魔國

復仇兄妹篇

Episode Revenge siblings

第五章

ORC

1. 大雨

下雨了。

天空雷光閃爍，碩大的雨珠呼應似的打在大地上。

狂風呼嘯，風勢甚至強得讓尋常戰士(Warrior)無法站穩。

不過這對霸修來說，就像運動後的淋浴一樣。

「老大，雨下個不停耶。」

「是啊。」

霸修從獸人國首都利康多啟程後，已經過了幾天。

原以為旅途中下起的雨很快就會止歇，雨勢卻逐漸加劇，終至成為一場暴雨。

暴雨沒有停歇的跡象，連日令森林群樹飄搖。

「唔嗯～話是這麼說，前景實在不太明朗耶。」

捷兒好幾次飛到森林上頭偵察，視野卻受雨勢阻礙，落得連一百公尺前的景象都看不清的窘境。

話雖如此，捷兒仍是身經百戰的妖精，一直都靠「大概」、「差不多」、「憑感覺」的三大要訣就能找出目的地位於何方。

完美。

「走吧，惡魔國在這個方向！雖然天氣不太好，我們還是要打起精神！」

「對！」

大雨使得河川氾濫，森林裡洪災四起，理應能通行的路被濁流淹沒了。

霸修不時得一邊將腰部以下泡進水裡，一邊朝捷兒引導的方向前進。

惡魔族。

身為七種族聯合的盟主，這支種族曾是所有種族中最強者，也是讓四種族同盟最為心懷戒懼的種族。

故於達成和平之際，四種族同盟決定將惡魔國驅逐至大陸邊緣。

位於大陸西北，被險峻山勢以及斷崖圍繞的貧瘠之地……將戰略價值最低的土地劃分給惡魔族，進而困住他們。

因此，要進入惡魔國就非得越過一座雄偉的峽谷。

阿爾迦帝亞溪谷。

以此為名的峽谷極為深邃廣闊，而且谷底有河川流過。

1.大雨

水勢相當湍急，即使是霸修這種層級的戰士，渡河不走橋應該也會有困難。
雖然峽谷中架了幾座橋，但是那裡必然設有關卡。
關卡被打造成要塞，在四種族同盟管理下運作經營。
因為惡魔就是如此受人畏懼的種族。
「哦，老大，那是不是國境啊？」
當哥兒倆跋山涉水時，前方有東西隱約現出了形影。
那是在戰時已經看慣的石砌建築物。
智人族的城寨。
「挺有規模的嘛。」
「畢竟這一帶不平靜啊。國境也就必須鞏固防線。大概啦。」
這裡是分隔惡魔國邊界的關卡。
該關卡被打造成要塞，規模相當可觀。
各處皆塗上了抗性塗料，於要處繪有魔法陣。
智人的建築樣式、矮人的抗性塗料、精靈的魔法陣。
儘管這是獸人的領地，各國仍相互協力，建立了戒備惡魔國的崗哨。當然，霸修與捷兒無從得知其緣由。

關卡入口以智人擅於搭建的厚實鐵門封鎖住了。

只有攜帶正規通行證的人出現時，這道門才會開啟。

沒錯，好比當下的霸修這樣。

「真粗心耶。門居然開著就不管了。」

「嗯。」

然而，那座城寨的門敞開著。通行證變得無所謂了。

受強風吹打，雙開的厚實門板正嘎吱作響地搖晃。

「……看來出事了。」

霸修拔出了背後的劍。

長年征戰的直覺，讓他感受到肅殺之氣。

「可是我聞不出血腥味耶……？」

「也沒有人的動靜。」

「呼嗯～總之我先去偵察！」

「拜託你了。」

捷兒「咻」的一聲飛進城寨。

霸修也接著提高警覺踏進城寨之中。

1.大雨

「……這是怎麼回事？」

眼前是一片詭異的光景。

擱有文件的桌子、翻倒的椅子、被打爛的棚架、散落地上的紙牌。

霸修判斷現場發生過打鬥。

他相當清楚，放鬆到一半突然遇襲時，就會留下這種景象。

然而，這裡缺了些東西。

屍體與血跡。假如發生過打鬥鐵定會有的東西。

要是有人清理過屍體或血跡，家具與紙牌凌亂的模樣未免太不自然。

「……唔。」

這個景象應當出自某人之手，卻找不到他的行跡。

霸修在旁人看來滿身破綻，然而有眼界的人就知道，走進那塊空間的他毫不鬆懈。

他走過滿布詭異景象的空間，來到通道深處，直通惡魔國的門戶……亦即城寨出口。

寬闊得可供馬車錯身的通道深處，高大的門板跟入口一樣正在搖晃。朝向隨狂風飄搖的門後看去，更可發現雨勢打濕了搭建於峽谷的石橋。

而且，石橋也已經滿目瘡痍。

不會錯，這裡發生過激烈的戰鬥。

「老大～」

這時候，捷兒飛回來了。

捷兒一面在霸修身邊飛舞，一面比手畫腳地告訴他狀況。

「城寨裡空蕩蕩的耶。連發生過什麼都搞不太清楚。只不過，肯定有什麼人曾經在這裡大鬧一場，還將屍體清理掉了。」

「是嗎。」

霸修驀地放鬆肩膀。

要說不介意現場發生過什麼事是騙人的。

但是，那恐怕跟霸修他們無關。

「不過傷腦筋了耶。關卡都沒有人在，我們難保不會被當成非法入境。」

「……該怎麼辦才好？」

「這個嘛……」

捷兒環顧四周，目光停在散亂的文件上頭。

「對了。智人不是常把命令之類的寫在紙上嗎？所以我們在紙上寫一條老大曾經通過關卡的紀錄不就好了嗎？」

「原來如此，就這麼辦吧。」

1.大雨

「老大，那我先去寫嘍。就寫『半獸人英雄霸修，行經此地』。」

題字留言。

無論是半獸人或妖精，都鮮有這樣的行為。

幾乎沒有半獸人或妖精會寫字。

但是，捷兒就懂得讀書寫字。

單論閱讀文字也就罷了，有能力書寫的妖精更是稀少。何況是要讓其他種族也能看懂的文字，數不數得滿一隻手都難說……因此，捷兒於妖精國內一直都享有「妙筆捷兒」之美名。

「老大，這樣就沒問題嘍……雖然狀況有點讓人擔心。」

「要是遇見智人族士兵，再跟他們說一聲吧。」

「也對！」

倘若這是戰爭時，哥兒倆應該會從城寨的處境感受到危機，並調頭回本國通報狀況吧。

然而，現在並非處於戰爭當中，哥兒倆有自己的目的。

一想到這裡，他們總不能優先找人通報城寨裡空無守兵的消息。

「那我們走吧。」

「是！」

霸修重新揹起劍，然後朝狂風暴雨而去。

雨水順著風勢加速打在霸修全身，但那終究只是雨滴，跟在戰爭中挨過的水魔法相比就像淋浴一樣。

不過，這場雨足以剝奪霸修的視野。

「唔！」

感覺到不對勁時已經晚了。

不知道是雨勢所致，還是城寨遭襲擊時所造成的。

石橋上有大規模的裂痕。

而且，在霸修把腳踏上去的瞬間，裂痕頓時發出劈啪聲響……

橋崩落了。

「老、老大！」

霸修一邊聽著捷兒的呼喚，一邊手足無措地掉進了河裡。

■

霸修是身經百戰的戰士。

1.大雨

他與萬般敵人交手過，也擊敗了萬般敵人。

話雖如此，他並非無敵的不死之軀。

（這下糟了……）

暴雨導致河川暴漲並化為濁流，使霸修的身體猛打轉，還束手無策地連連撞在岩壁上。

他不諳水性嗎？

錯了，沒有那種事。

半獸人固然是森林的居民，但在戰爭中有眾多與水相關的戰場。

不會游泳的戰士數都數得出來。

但是，在無法站穩的地方被濁流吞沒，就連霸修也無法活動自如。

（換不了氣……）

半獸人憋氣的能力比智人高出好幾倍。

在為數眾多的半獸人當中，霸修憋氣的能力更屬於頂尖。

無論在失火欠缺氧氣的地方或水裡頭都一樣。

能像這樣屏住氣息，對半獸人戰士來說同樣是重要的資質。

即使如此，仍然有其極限。

「咕啊！」

不久，從霸修口中吐出一口氣。

霸修瞠目而視，原本緊繃的身體隨之鬆弛。

先前他一抓到機會就會猛蹬河底，盡可能往上浮，如今身體因為劍的重量而下沉，開始在河底打滾了。

霸修應該再也沒辦法浮到水面上了。

剛這麼想——

「唔？」

忽然間，霸修的身體停止打滾了。

在意識朦朧之間，他看見了些什麼。

水裡頭有東西在蠢動。

即使想定睛觀察，也無法看清其輪廓。不知道那是與水同化了，或者本身就是水。不過，它的存在卻將霸修溫柔地包裹。

理應痛苦的呼吸忽然變得輕鬆，姿勢得以穩定，也不會撞到河床或岩塊了。

（是……元素精靈嗎……？）

來自河川、雲朵還是暴風雨呢？

儘管無法確切分辨，也能明白那屬於水之精靈。

1.大雨

霸修是第一次見到元素精靈，但他聽聞過其存在。

它們存在於世界各處，自由且奔放，有時會協助人們，有時會危害人們。

（不管怎樣，我都得感激才行。）

恍惚的霸修一面隨波逐流，一面感謝水靈。

那些話不知道是否傳達到了，水靈正扭來扭去地蠢動著。

不知怎地，看在霸修眼裡，那就像是在對自己表達著什麼。

元素精靈正是性情善變的大自然本身。基本上不會懷有助人的意願。

受元素精靈寵愛的人就另當別論，但即使屬於那種人，也要自幼跟元素精靈反覆交流。

以往霸修從來沒有那樣的經驗。

不過，就算是不受元素精靈寵愛之人，也會接到它們的請求。

若輕忽它們的請求就會大禍臨頭。

在半獸人國同樣流傳著這樣的說法。

因此霸修打算聆聽水靈所說的話。

（它在說什麼……？）

霸修不可能聽得懂。

只有自幼與元素精靈反覆交流的人，才聽得懂它們的語言。

假如對方是風靈，或許找捷兒就能代為聆聽。

畢竟，他可是敢大言不慚地說自己跟風靈是死黨的妖精。

（唔……）

霸修的意識逐漸遠去。

儘管精靈在眼前展現出有某種意志的舉動，霸修依舊無法理解。

這究竟是現實，還是臨死之際看到的幻覺呢？

霸修連這都分不清，意識就陷入了深邃的黑暗之中。

2. 求婚

「嘎噢噢噢噢噢噢！」

突然響遍周遭的咆哮聲，讓霸修驚醒過來。

他立刻就近找東西攙扶，以單膝立起身來，並且拔出背後的劍。

「咳！……咳！咕啊……」

霸修在無意識咳嗽的同時，從口中吐出了大量的水。

他一面擦拭嘴角，一面確認周圍的狀況。

剛才發出咆哮驚醒霸修的聲音之主，理應還在這裡。

地點恐怕是崖邊。

河川暴漲使得地勢難以分辨，但是水位已經來到原為斷崖的地方，霸修就被長在崖邊的群樹之一勾住了。

面前是整片森林，眼裡可見者有三。

兩名人類背對著霸修。

一頭魔獸與人類對峙。

塊頭約五公尺左右，鷹頭獅身，生著巨大翅膀的魔獸。是翼獅獸。

應該就是這傢伙的咆哮喚醒了霸修。

水靈想向霸修傳達些什麼。

霸修不明白其意圖為何。

或者，那是霸修瀕死時作的夢。

也許對方根本沒有什麼想法要傳達，只是一時興起才救了霸修。

可是，霸修認為事有關連。

在水裡發生的那場際遇具有某種意義。

換個說法，應該也可以稱作直覺。

而且至今以來，那樣的直覺拯救霸修脫離了困境好幾次。

霸修進一步觀察情況。

背對著他的兩名人類。其中一人屈膝跪地並流著血。另外一人狀似要伸出援手，摟著對方的肩膀。

霸修見過好幾次這樣的光景。

那兩人在奮戰後落敗了。敗給翼獅獸。

2.求婚

而且，敵方正要給他們倆致命一擊。

（意思是，要我救這兩人……？）

霸修瞬間像這樣做出了結論。

否則，水靈也不會特地帶他來這裡。

「咕啦啊啊啊啊啊啊啊噢噢噢！」

戰吼。

面對突然發出的咆哮聲，動作最為明顯的是翼獅獸。

牠抬起原本低垂著準備朝兩名人類進攻的頭，將戰吼來源的霸修納入視野。

確認霸修後過了一秒。

翼獅獸似乎認為現場最具威脅的是霸修，抑或以為自己的獵物會被搶，便拍動巨大的翅膀浮上半空，隨即朝霸修一直線俯衝而來。

肯定是頭年輕的翼獅獸吧。

換成狡猾的老翼獅獸，八成會在看見霸修的瞬間就頭也不回地逃走。

不過無論是老是幼，既然霸修已經決定一戰，結果便無從改變。

霸修以大上段的架勢賞了牠一劍。

「……咕嘎。」

翼獅獸便被一劍劈成了兩半。

牠一面發出聽起來不像翼獅獸的慘絕啼聲，一面墜入霸修背後的濁流。

「……」

霸修確認翼獅獸沒有從濁流爬起後回過了頭。

「……咦？」

「怎、怎麼會……」

放眼看去，有三個目瞪口呆的人在那裡。

滿身傷勢跪在地上的是個少年。

暗紅色皮膚，額上長著尖角。

雖然具備食人魔的特徵，體格以該族而言卻顯得瘦小。或者說，少年身上也許混有較濃的智人血統。

蹲在少年身邊的少女。

同樣是食人魔，而且年紀應該還小。

額上雖長著尖角，但她的角尚未長大，體格也比少年小了一圈。

想來年齡是否滿十歲都難講。

此外，還有一個人。

2.求婚

有個原本躲在翼獅獸死角而看不見的女子。

「這可驚人了。半獸人會從濁流裡竄出來。」

與話裡提到的相反，嗓音並無訝異之色。口吻平靜淡然。

然而，銀鈴般的美妙嗓子卻打動了霸修的心。

（……多美的聲音啊。）

猛一瞧，是個貌似智人的女子持劍站在那裡。

（……多美的身子啊！）

更值得一提的應該是其體態。

身材修長苗條。

可是，臀部與胸部的線條卻美過霸修以往見過的任何人。

不會太小也不會太大，描繪出的曲線彷彿道出了自然有多麼偉大，體態讓人情不自禁想將她擁入懷裡。

儘管從性方面的角度而言也極富魅力，但不僅只是這樣。

（而且很強……）

從練出的那身肌肉，便能察覺她是非常優秀的戰士。

迷人的肌肉。可以看出並沒有練得過頭，從裡到外都經過鍛鍊。如黃金一般的肌肉。

即使跟智人族王子納札爾或勇者雷托相比也毫不遜色。
精悍程度或許可以跟霸修相抗衡，抑或更勝一籌的身軀。
她所生下的小孩，無疑會是強壯的孩子。
半獸人會強烈地想要得到女騎士，是因為他們知道強悍的女人生得出強壯的孩子。本能使其深受強悍的女人吸引。
剩下只要臉長得好看就行了。
然而，談到眼前女子的臉，是被遮著的。
臉裹著白布，除眼睛之外都被遮住。這樣的話，就不知道這個頂級身材的女子長成什麼模樣。
不過對霸修來說，那應該沒有多大的意義。
「好美……」
一回神，霸修口中就自然而然地冒出那麼一句話。
或許是最近一路追求女性的經驗，讓他說出了如此帶有客套意味的話。
拜訓練所賜。
「美……？」
女子朝四周張望，然後指了自己，彷彿想問：難不成是在說我？

2.求婚

霸修點了點頭。

除了妳以外沒別的女人。雖然有食人魔少女在，但是她要稱作女人仍嫌年幼。

「哈哈哈，半獸人。你又沒看見臉，怎麼會知道我美？」

女子笑歸笑，卻還是一派淡然。

彷彿認為那是無聊的玩笑話。

「用不著看臉我也知道。」

「哎，你這半獸人可真是個情聖。」

這次，女子嘻嘻一笑，並且把手伸向自己臉上的布。

「……即使在布條底下，藏著這麼一張醜陋的臉？」

「唔……」

從面具底下現出了留有醜陋傷痕的臉孔。

半張臉孔狀似被燒傷而潰爛，上頭還留著一大條刀疤。

完好的部分只有左眼附近。

實際上，食人魔少年目睹了那張臉，便嚇得發出「唔」的驚呼。

女子的傷痕就是這麼慘。

「無所謂，傷疤是戰士的驕傲。」

霸修能如此對答，或許要歸功於這趟情聖之旅。

換成剛踏上旅程的他，看了那張燒傷潰爛的臉大概就會板起臉孔。在找老婆這方面，臉蛋到底是一大要因。

然而，霸修於旅途中已經見識過各種美女。

起初是智人茱迪絲，後則有精靈桑德索妮雅、矮人普莉梅菈、獸人希爾薇亞娜……皆屬於臉上找不到傷痕，膚質又好的美人胚子。

然而，要說到她們之外的美女是否全都一樣，可沒有那回事。

比如霸修在席瓦納西看上的精靈們，臉上就有大塊傷疤。

不過，那樣的傷無損於美，霸修毫無遲疑地起了求婚之意。

沒有錯，傷痕影響不了女人的美。

「是嗎……你看了這張臉還肯那麼說，令人欣喜。」

女子的口氣淡然，嘴角卻放鬆了。

「總之，半獸人目睹美女以後只會有一種行動。你打算擊垮我，然後強行侵犯吧？傷腦筋，明明才剛從濁流竄出來，可真是興致高昂。」

「……不，非合意性行為已經以半獸人王之名嚴令禁止了。」

「哎呀，既然如此，你為何要發出戰吼？」

2.求婚

霸修瞥向兩名食人魔。

女子見狀，便會意似的點了頭。

「我懂了，是這麼回事啊……原來半獸人也會救助他人。這麼一想，剛才的奉承話是為了讓我態度軟化嗎……哈哈，竟然被半獸人恭維，真沒想到我會有這一天……實在令人惱火。小心我宰了你。」

「我說妳美是認真的。」

「……這可就讓人糊塗嘍？你突然現身，還滿口莫名其妙的話耶？直說吧，你想要做什麼？」

女子偏頭表示不解。

然而，霸修並不認為自己有什麼矛盾之處。

所以他老實回話。

「我想要娶妳為妻。」

「哈哈哈哈哈！」

女子高聲笑了出來。

那種笑並不淡然，聽著像是繃不住的情緒滿溢而出。

「哎，失禮了。唐突的求婚令人發笑，但是我並沒有瞧不起你。臉弄成這樣時，我對於

2.求婚

這輩子要嫁人為妻就已經死心了。實際上，後來也不曾有男人向我求愛。所以這是頭一次，臉弄成這樣以後，被人帶著認真的臉色求愛。」

「……」

「而且，我心裡還覺得未嘗不可。我被這樣的自己逗樂了。」

那就表示，霸修讓女方留下了前所未有的好印象。

在某種層面上，她的答覆也算答應求婚了。

「那麼……」

「半獸人，但是救人與求婚可無法兼得。尤其在當下的處境。」

女子如此說道，並且將視線轉往一旁。

在她望去的方向，有兩名食人魔。

他們正一臉不安地看著霸修。

「……」

「哎，你是半獸人。大可出手救人順便擊潰我，然後隨你要如何逞慾都行。」

「我剛才說過，非合意性行為已經以半獸人王之名——」

「嗯。你會忠實遵守半獸人王定下的戒律，可見是教養良好的半獸人。我雖分不出半獸人的長相，細看倒也覺得你這張臉長得英俊。呃，莫非是因為被你示好，才讓我有這種感受？這件事暫且不提，半獸人，守規矩固然是好事，太不知變通可就壞了。我說的是『只要你能贏就任憑處置』。難道這不能當成雙方合意？」

難以回答的問題。

假如捷兒在場，霸修就會立刻找他商量吧。

而且，捷兒肯定會給出明確的答案。

「就這麼回事，動手吧。儘管放馬過來。」

女子將掌心朝上，向霸修招了招手。

「……為什麼要挑釁我？」

「還問為什麼，我疼愛的翼獅獸坐騎被殺了。之後非得走路回去才行。想砍了你出這口氣也是理所當然的吧？不過呢，我在性格上也有麻煩的地方，難得有人誇我現在這副模樣美，要朝對方揮劍就提不起勁。你肯主動攻來的話，我迫於無奈便能揮劍。」

「……有這種道理嗎？」

「有，道理就是這樣的。啊，你不用太介意那頭翼獅獸。喜歡歸喜歡，我對牠沒有放多少感情。畢竟相處的時間也不長。沒什麼仇好報，你不必認真看待。」

至於霸修這邊則是腦裡一團亂。

他不懂女子說這些話是什麼意思，也搞不懂事情的發展。

2.求婚

即使被問到自己究竟想做什麼，基本上，霸修對於情況還沒有個底。

「好了，你想怎麼做？半獸人，只要你同意，我打算就此走人。原本我想殺那邊的兩個人是怕留下後患，但如果你要來擋路，我只好打消念頭。畢竟來擋路的你肯稱讚我長得美，實在不得已啊。」

最後，女子逼霸修做出選擇。

「……唔。」

霸修在混亂之間思索。

選項有兩個。

繼續向女子求婚，娶她為妻。

放棄求婚，聽從水靈的請求（大概），幫助少年與少女。

（我搞不懂！）

或者，現場若是還有別人，比如那位「殺豬屠夫」休士頓在的話，也許就會勸霸修別被對方迷惑了。

理應有兩全其美的辦法，女子說的「能打倒自己就隨你高興」算是雙方合意，救助雙胞胎，打倒女子，把兩邊都弄到手。你有這種能力才對，聽勸吧。

前提是得有人知道事情經過。

然而現在只有霸修做主，被女子用話術限縮選項以後，霸修就想不通了。

二選一。

原本霸修應該會選前者。

女子自己表示過未嘗不可。

現場並沒有捷兒支援，但只要費盡唇舌，也許還是可以讓她答應嫁霸修為妻。

以往也有遇過幾次機會，這次卻堪稱最有望的一次。

畢竟，對方已經將求婚詞聽進去了。

霸修出外旅行的目的本來就是討老婆。

既然能達成目的，素不相識的食人魔孩童是死是活都只算小意思。

然而，霸修剛被水靈救了一命也是事實。

水靈打算向他表達某種請求。

它想叫霸修做某件事。雖然這只是直覺做出的判斷，但恐怕不會錯。

要不然水靈沒理由救霸修一命。

在以往的人生中，霸修並沒有受過元素精靈寵愛，因此水靈送他來這裡，想必不是為了讓霸修娶個相配的妻子。

這樣的話，水靈所求的果然就是救那兩個孩子一命吧。

2.求婚

若輕忽元素精靈的請求，將大禍臨頭……

既然如此——

「我選擇救這兩個小孩。」

「是嗎，那我可要走人嘍。別看我這樣，該忙的事情可多著。」

「好。」

「後會有期。那邊的兩個小孩也聽著，學乖的話就回故鄉去吧。」

女子說完，就在豪雨中拔腿離去。

她沒有被泥濘絆住腳步，一瞬間便消失於森林深處。

腰腿不凡。果然就像霸修最初評估的一樣，對方是個程度了得的戰士。

「啊，等……」

少年朝女子的背影伸手，卻在中途就無力地放下了。

落在大雨造成的水窪的手拍起了水花，然後不甘似的握起。

片刻之後，那個少年抬起頭，並且看向霸修。

「那個，感謝您救了我們……」

霸修點頭回應少年說的話。

然而，他也覺得自己或許是多管閒事。

因為少年低著頭，身體卻在顫抖。

蹲在他旁邊的那個少女，也用夾雜些許厭惡的臉色看著霸修。

食人魔與半獸人相同，屬於生為戰士者眾的種族。

他們偶爾會像流浪半獸人一樣追求戰鬥，或者在戰鬥中追求一死，這些都算不上鮮事。

也許霸修形同礙了對方的好事。

不過在下個瞬間，少年奮然起身，並且說道：

「您剛才使出的劍法，讓我深感佩服！求求您，請收我當徒弟！」

突然的話語被雨聲蓋過，並沒有多響亮。

但是，那確實傳進了霸修耳裡。

3. 首次收徒

滂沱大雨仍持續不斷。

霸修與食人魔兄妹認為在這場豪雨中站著講話不方便，就先到附近的洞窟坐下歇著了。

目前，三個人正隔著柴火面對彼此。

「請容我重新道謝。剛才讓您救了一命。我是食人魔大鬥士路拉路拉的兒子路德。這邊的是我妹妹路佳。」

食人魔大鬥士路拉路拉的兒子路德。

食人魔大鬥士路拉路拉的女兒路佳。

雙胞胎如此報上名字。

「我叫霸修。」

話一出口，原本狀似納悶地望著霸修的妹妹路佳驀地抬起臉。

「霸修？難道說，您就是那位在戰後被奉為『半獸人英雄』的霸修大人？」

「對。」

「您活躍的事蹟在食人魔之間也有流傳下來！能見到您是我的榮幸！」

她那樣的態度讓路德回過頭。

「咦，這個人很有名嗎？」

「哥哥你太無知了。提到半獸人英雄霸修，可是跟媽媽她們齊名的大英雄喔！若沒有霸修大人在，有好幾場戰役是會落敗的！」

路佳的眼睛盯著霸修，閃閃發亮。

簡直像孩童看見童話中登場的英雄會有的眼神。

從霸修的立場來看，那樣的視線已經習慣了。

「你真的是本尊嗎？」

「對。」

「你可以向半獸人王發誓，說自己是本尊嗎？」

「我敢向半獸人王涅墨西斯發誓。」

「是本尊耶！」

向半獸人王涅墨西斯立誓，原本並不該像這樣輕易為之。

然而，對方是個孩子。

在小孩面前扯些謊，對半獸人來說也是稀鬆平常的事。

3.首次收徒

當然，霸修就是霸修，他是敢向半獸人王立誓的戰士，這些皆非虛言。

「話說回來，原來你們是路拉路拉大人的兒女……」

「是的！」

「路拉路拉大人近來可好？」

大鬥士路拉路拉。

儘管其外號種類繁多，有名的當屬「凍眼」。

「凍眼」路拉路拉。

知名的女戰士。

她是長著三隻眼睛的食人魔。

說起來，三眼食人魔並沒有多稀奇。

但她的第三隻眼會綻放與生俱來的青光。

從那隻眼睛能造出冰槍，將敵人全數貫穿。

當然，她身為足稱大鬥士的戰士，強處並非只有那麼一項。

路拉路拉雙手拿著鐵棒，在戰場上大肆發威的景象，霸修倒也見識過幾次。

記得她靠著與食人魔相符的驚人臂力與敏捷性，大棒一揮就讓數名智人士兵化為肉塊。

據傳於戰爭時，路拉路拉還成了下任族長人選之一。

即使沒有成為族長，她在食人魔當中無疑是舉足輕重的人物。

順帶一提，她有副相當美麗的外貌。

符合霸修的喜好。假如她並非故人或已婚者，或許霸修早就展開追求了。

不過，食人魔在同盟的地位居於半獸人之上。

對女食人魔而言，替地位較低的對象懷胎生子會是最大的屈辱。

就算霸修被奉為「半獸人英雄」，應該也當不了她的對象。

當然，霸修並沒有打算勾惹兄妹中的妹妹。

或許再過十年……至少五年後吧，她就會長成美麗的女食人魔，但在現階段並不合霸修的喜好。

半獸人不會把年紀生不了小孩的女性視為女人。

「不，她死了。」

如此回話的是路德。

「……這樣啊。因為生病？」

「在戰鬥中死的。」

「強悍如她的戰士竟會……」

霸修低喃。

3.首次收徒

在他的記憶中，路拉路拉算得上特別強的戰士了。強得足以留下鮮明記憶。

「這也無可奈何。戰爭到了末期，無論誰死去都不奇怪。」

然而，霸修也認得幾名比路拉路拉更強的戰士。

比方說，精靈族大魔導桑德索妮雅或是勇者雷托，就有可能擊敗彼時的路拉路拉。

就算沒碰上他們倆，七種族聯合於戰爭末期輸在了物量。

即使士兵一對一敵不過路拉路拉，只要集千人、萬人之力，就有可能打倒她吧。

「不是的。媽媽是在戰後被殺的。」

「……決鬥嗎？」

食人魔與半獸人相似，屬於好戰的種族。

而且嚴以自律的他們跟嗜酒好色的半獸人不同，一心只想變強。

假如有空喝酒或者費工夫交尾，他們寧可鍛鍊自身，為了確認鍛鍊的成果還會進行決鬥，每天都有人因此死去，這是霸修聽過的說法。

「不，她是被人用卑劣手段暗算的。」

「……什麼？你說她死於哪種手段？」

「沒有，我不曉得媽媽實際上是怎麼跟對方交手的……但是她那麼厲害，我不覺得她是正面迎戰對手輸掉的。屍體也被擱著不管。肯定是被暗算。所以為了替媽媽報仇，我們才會出來旅行。」

目前，世界正努力保持整體的和平。

在這和平的世道，「尋仇」屬於不太受鼓勵的行為。

戰爭中發生的都過去了。即使留有遺恨也應該先放下前嫌，這是各國首腦所做的決定。

可是，好比有半獸人不服半獸人王的決定而出外流浪，那股風潮未必人人稱許。

還有人為了替戰爭中死去的父母報仇，而在大陸中旅行。

不過，霸修倒是不知道那些。

「難道說，就是剛才那個女人？」

「……是的。」

霸修回想起剛才的女子。

臉上留有榮譽的負傷，體態極美的女劍士。

雖然連名字都沒能問到……至少，她肯定是遲早會出名的強者。

用不著一戰，光看一眼就知道她有那樣的身手。

「你還要挑戰她？」

「是的。」

「……憑你可贏不了。」

3.首次收徒

反觀眼前的少年，只能用一句瘦弱來形容。

他大概有鍛鍊過，但是要對抗那名女劍士，能耐還遠遠不夠。

只要那名女劍士起意，少年的人頭應該就會瞬間落地。

「唔……我明白！」

路德不甘心地抿起下唇，但他仰望霸修，明確地說道：

「但是我會挑戰她，下次我要贏。」

「是嗎。」

霸修並不打算攔阻。

戰士也有必須挑戰贏不了的對手，而又非贏不可的時候。

輸了就得死。如此而已。

「……」

這時路德霍地拔劍，然後擺到了霸修面前。

霸修文風不動。

要是路德砍過來的話，霸修大概就反擊了，不過並沒有那樣的跡象。

「所以！我要再次拜託您！您貴為『半獸人英雄』，我知道拜託這種事是不禮貌的！容我再一次向您懇求！請收我當徒弟！」

假如這裡是半獸人國的酒館，肯定會一片譁然。

首先，在場所有人應該都會站起來喝斥少年。

你到底以為自己在向誰說話！

沒禮貌！

乖乖排隊。霸修先生要收徒弟也是我先。

不，我先啦。我比你早來的。

——吵到這裡，接著就是互毆打群架了。

等一切都落幕以後，便剩下被砸爛的酒館，以及倒成一片的半獸人，還能夠站著的大概只有霸修。

「唔……」

換成昨天以前的霸修，應該會立刻回絕吧。

栽培年輕戰士是老手的義務，但霸修現在出外旅行有其他目的。

他沒空栽培這個少年。

「哥哥，你很失禮喔。居然這樣對霸修大人說話……」

「路佳，妳也看到剛才那幕了吧。只要向這位人物學劍，我肯定也能打倒那傢伙……」

然而，對於眼前的雙胞胎，有一件事讓霸修感到在意。

3.首次收徒

（……我還得顧及水靈的請求。）

水靈曾想對霸修表達些什麼。

照霸修的判斷，那肯定是要叫他幫助這對雙胞胎。

而且，在剛才已經得償所願了。

但是元素精靈會特地為了這點事，就找上素昧平生的半獸人相託嗎？

所謂的元素精靈，原本可以說是絕對不會在無緣之人面前現身的。

既然如此，霸修認為自己還得再做點什麼。

元素精靈希望霸修怎麼對待這對雙胞胎呢？

如果捷兒在這裡，就可以幫忙說明元素精靈的用意了……

（……）

所謂的元素精靈，是性情難伺候又隨興的存在。

惹怒它們的話，就連跟風靈親近的妖精都會嚇得打哆嗦。

霸修聽過好幾段軼事。

據說曾有矮人的城鎮惹怒了火靈，導致火山爆發而滅亡。

據說曾有智人的城鎮惹怒了水靈，導致狂風暴雨而被沖走。

據說曾有蜥蜴人城鎮惹怒了土靈，導致山崩地裂而遭到吞沒。

據說曾有某個妖精惹怒了風靈，因而被突然颳起的龍捲風帶走，還被迫在空中罰跪一整晚才總算獲得原諒。

不可以惹怒元素精靈。

那是居住在這塊大陸上的人們共同認知。

假設霸修心想「人已經救完就行了吧」而當場離去。

萬一那與精靈的請求有出入，精靈或許就會發怒。

（慢著……呃，該不會是這麼回事吧？）

忽然間，霸修想起了「凍眼」路拉路拉。

仔細想想，她受過元素精靈的寵愛。

明明身為欠缺魔法資質的食人魔，卻可以卯起來施展冰之魔法，那便是證據。

既然這樣，水靈會對雙胞胎釋出善意，還打算助他們報仇，說來也不算奇怪。

霸修從未聽過元素精靈助人尋仇的事蹟，因此，或許他們倆其中一邊受到水靈的寵愛。

總之，讓雙胞胎成功復仇，有可能就是精靈的請求。

霸修從稀少的情報做出這樣的判斷。

「好吧。不過，僅限你跟那女人再戰前的這段期間。我有我的目標。」

不知道能幫到什麼地步。

3.首次收徒

但是考量到往後的事，總不能對精靈的請求置若罔聞。
「感謝您！」
路德立刻低頭致意。
這裡若是半獸人國，其他半獸人應該就群起歡呼了。
自己沒有被選上固然遺憾，但是有人能讓霸修收為徒弟，就是件值得慶賀的喜事。
即使眾人把路德抬起來往上拋也不奇怪。
「所以說，霸修先生……不對，請問師父的目標是什麼呢？」
「我在找某樣東西。」
「什麼東西？」
「不能說。」
「是嗎。我明白了。」
路德大概是不感興趣，就沒有再追問。
對霸修來說倒是謝天謝地。
要是被追根究柢，這事也不好說明。
「總之感謝您幫這個忙。雖然期間不長，往後還請師父多多指教。」
「好，沒人曉得你贏不贏得過對方，但我會設法鍛鍊你。」

「是的，拜託您了！」

就這樣，路德成了霸修的徒弟。

實質上的頭號徒弟。

那是半獸人國的小伙子們在談到夢想時，會一面搓著鼻子底下，一面欲言又止，然後略顯害臊地說出口的抱負。

如此有價值的立場。

路德大感欣喜，側眼看著那一幕的路佳則是面有難色。

沒有人察覺那一點。

■

雨下個不停。

於驚人的狂風吹襲下，霸修與路德正於洞口外對峙。

雨勢雖猛，但是這種雨在戰場算是家常便飯。

霸修並沒有放在心上。

路德差點被風吹跑，卻還是死命地站穩。

3.首次收徒

路德用的兵器是劍。

或許那是向「凍眼」路拉路拉學來的，他以兩手持雙劍。

備戰的架勢也有模有樣。

「你隨時可以出手！」

霸修拉高音量以免被雨聲蓋過，路德便向他點頭。

「唔喔喔喔喔喔！」

路德隨著吶喊以渾身之力使出的一劍。

霸修以大劍將其擋下。

（……這！）

其勁道，其銳氣，讓霸修為之瞠目。

身為「凍眼」路拉路拉的兒子，更是有志為其報殺身仇之人。

雖說靠的是暗算，殺得了路拉路拉就表示對方頗有能耐。

照霸修評估，剛才的女劍士也是個好手。

路德斷言自己「下次就能贏」那樣的對手。不對，他沒那麼說，但有做過類似的發言。

既然如此，有別於外表所見，路德攻來的這一劍應該會相當強橫，如此心想的霸修腰桿一沉，準備要承受衝擊。

然而——

「哎呀，不愧是師父！居然能一舉扳回我使出渾身力氣的這劍！」

霸修根本沒有使勁去扳。

（…………）

路德那一劍太輕，防備過頭的霸修只是差點往前撲倒而已。

而且，只是那樣些微的動作，就讓路德被彈開了。

「我要繼續出招嘍！」

那句話讓霸修再次擺出架勢備戰。

因為他覺得路德的速度變快了點。

接著要來的恐怕是連擊。

沒錯，路拉路拉的臂力固然厲害，但她的速度也同樣了得。

兩支鐵棒使出的連擊，甚至壓倒了那位「淌血立斷」的精靈族大劍豪丹帝萊恩。

因此，霸修轉了個念頭，認為路德可能也是靠速度拚輸贏的類型。

速度過人的戰士眾多。

但是，霸修對上那一型的戰士很少會吃虧。

霸修往往被當成力量過人的戰士，但他的速度同屬高水準。

3.首次收徒

被稱為英雄之人的過人之處不會只有力量。

跟「半獸人英雄」交手過還活下來的人，回想起他的劍，應該會這麼表示：

「那傢伙的劍？唔，光回想就讓我發抖了……總之可不得了啊。這該怎麼說呢。打個比方吧？我在你揮一劍的空檔可以施放三次魔法對吧。自賣自誇也不太好意思，但這算挺快的了。在我的記憶中，能夠用這種速度施放魔法的差不多就三個人……至於霸修，那傢伙在我施放三次魔法的空檔揮得出三劍。就是快到這種程度。當然了，換成納札爾還能更快就是了。不過你聽著，霸修的劍是既快又沉。挨一劍就會讓魔法屏障粉碎，遭受的衝擊有如被棍棒痛毆。粉碎掉我所設下的屏障喔？堂堂精靈族大魔導桑德索妮雅的屏障——」

感覺會拖得很長只好中途打住，但是她應該會邊比手畫腳邊這麼說吧。

（算起來，我已經可以殺他三次了……）

霸修不費吹灰之力地一面接下路德的劍，一面抱持這樣的感想。

霸修不常評比他人。

因為特地替能耐不如自己的人分等級，根本就沒有意義。

但是他會觀察眼前對峙的敵人，判斷對方是強是弱，以及能否打倒。

根據那些經驗，如果要替路德分等級……

（無論力量或速度都在常人以下……太弱了，實在太弱……）

霸修為難似的將視線轉了一圈。

前方有座洞窟。洞窟的入口站著一名少女。

路德的妹妹，記得是叫路佳。

原本她貌似為難地望著路德，被霸修這麼一看，臉色就轉為哀傷，還用過意不去的視線望了回來。

她肯定心裡有數吧。

就算路德從現在起接受一番訓鍊，想打倒那名女子仍是前途無望。

（……）

要在短期內訓練這塊料。而且，雖說「凍眼」路拉路拉是死於暗算，要讓這名少年強得足以打倒凶手……

其難度讓霸修感到頭暈眼花。

連被智人族騎士「巨殺卿亞希斯」使勁痛毆腦袋時，都沒有暈成這樣。

（我該怎麼辦？）

三十分鐘後。

霸修面對眼前上氣不接下氣還仰身而臥，氣喘吁吁的路德，面有難色。

說是收徒，他卻不知道能教些什麼給弱成這樣的人。

3.首次收徒

半獸人除了幼年期之外根本不會進行訓練。

他們天生就有戰鬥的本能，即使沒有人教，也會自然而然地成長為戰士。

要不然就只有等死的分，任由環境淘汰固然也是一途……

總之，連半獸人那樣都有所謂的上進心。

霸修根本沒教過別人劍法。

儘管老手有栽培後進的義務，他卻不曾遇過有人向自己拜師。

幾乎每個小伙子都想當霸修的徒弟，卻沒有任何一個人敢說出口，所以他才毫無經驗。

不過，他在半獸人國倒遇過幾次有人來「討打」的狀況。

半獸人王的那幾個兒子尤其愛討打。

他們都會帶著燦爛的眼神問霸修：「不好意思！請問能不能陪我打一架！」霸修若是答應，他們就會喜孜孜地歡呼：「好耶！」

之後，他們當然會被霸修教訓得七葷八素，但他們似乎從一開始就明白會那樣了，還滿懷期待地問：「怎麼樣，我用劍的技術行嗎！」

霸修身為勝方，也就不會放開來稱讚那些孩子，而是點出他們的缺陷。

「你的步伐太淺。不是懦夫的話，就該抱著送上一條腿的決心邁出腳步。」諸如此類的建議。

半獸人王的兒子們則是開心地笑著說：「欸，不行啦。要是被霸修先生用劍砍到腿，別說送上一條腿，連下半身都保不住。那樣會去不了繁殖場啦。」……但他們下次絕對會照建議改進。

因此，那應該可以說是半獸人國的「教育」。

如果路德的劍法再高明點，霸修也是可以給他一些建議。

看是太過躁進，或者退縮過頭？

揮劍是否漫不經心？有沒有認清對手的動作？

使劍有沒有養成壞習慣？會不會太過忠於基礎而易於捉摸……

這些細節只要交手過就會知道。

然而要談論路德的狀況，實在艱難。

只能說全部都端不上檯面。

在戰鬥中，霸修揮劍時常常會一併讓四至五名敵人斃命。

不過，偶爾也會有被一併死去的屍體壓在身上而跟著送命的迷糊蟲。

路德就屬於那種迷糊蟲。

仔細想想，半獸人王的兒子們以戰士而言皆屬一流。

儘管他們都還年輕，卻也理所當然。畢竟他們從終戰前夕的激戰中活下來了。

3.首次收徒

（唔～嗯……）

擠不出智慧的霸修動腦思索。

這下子，自己該教些什麼給癱倒在眼前的路德？

從未看過有這麼弱的食人魔。怎麼辦才好呢？

過去在戰場上，年輕的半獸人、食人魔、那些戰士們做過什麼呢……

至少可以斷言的是像這樣累倒就躺著不動的人，無一例外地全死了。

在戰場上，動不了的人會先死。

沒辦法前進，也沒辦法逃，就表示只有當活靶的分。

既然如此，起碼要避免這一點才行。

「起來。」

「呼啊……呼啊……不行，我已經站不……咕啊！」

霸修將路德踹飛了。

在戰場聲稱已經站不起來的人，大多可以用這種方式逼他們起身。

至少半獸人是這樣的。

而且，食人魔似乎也一樣，路德一面睜大眼睛，一面站了起來。

「給我跑。」

3.首次收徒

「呼啊……呼啊……叫我跑，是要跑去哪裡？太陽也差不多已經下山了，而且天色這麼暗……噢哇！」

霸修將路德踹飛了。

在戰場聲稱已經跑不動的人，大多可以用這種方式逼他們跑。

回想起來，不僅是半獸人，那對所有種族都通用。

用腳踹或用劍砍都行，只要出手攻擊，任誰都會拚命跑起來。

路德被踹飛後，劍脫了手，人趴在地上，還帶著渾身的泥巴仰望霸修。

他的表情彷彿在問：為什麼要這樣？霸修便說出內心的想法。

「面對殺母仇人，你也打算帶著那種表情仰望對方嗎？」

霸修這麼說完，路德就咬住嘴唇緩緩起身，然後一步一步地跑了起來。

彷彿要在豪雨中逃離霸修。

從那張臉上，已經完全看不出訓練開始前的餘裕。

霸修則追在後頭。

他刻意釋出殺氣，打定一追上就會宰人的主意。

不過放慢的腳步並沒有要追。

這平常是在狩獵自己腳程追不上的獵物時，用來讓目標疲倦的技巧。

「……」

霸修知道，人在臨死之際才會發揮最大的潛力。

他自己就是如此，被霸修打倒的強者們亦然。

進一步來說，霸修正是靠著反覆像這樣死戰而變強的。

瀕臨極限豁出去的力量，可以將戰士拱上更高的境界。

「呼啊……啊啊……咕哇……呼啊……」

路德跑得挺快。

既然這麼能跑，不免讓人心想剛才癱在地上到底算什麼。

在雨中，路德被泥濘的地面絆倒，跌了好幾個跤，卻還是拚命跑著。

不知道他是害怕霸修，還是真的發自內心想要報仇，在旁人眼中是分不出來的。

或者說，也許連路德本人也不懂。

路德一直跑到被霸修踹了也站不起來才停止。

■

雨沒有停歇。

3.首次收徒

然而，霸修等人隔天就開始移動了。

因為路德提議要出發。

他認為照這樣下去，會讓理應還在近處的仇人溜掉。

妹妹路佳的臉色略顯反對，卻沒有把想法說出口。

從霸修的立場來說，會希望路德窩在那座洞窟修練到能打為止。話雖如此，他也巴不得儘快助他們完成復仇，然後前往惡魔國。

時間始終是有限的。

修練於移動途中依舊持續。

由路德持劍向霸修進攻，有時則讓他防守霸修的攻勢，如果感受到瓶頸就逼他跑到累倒為止。

這要稱作修練實在太過樸素。

路德狀似有點不滿，但目前仍願意聽話。

霸修看路德的起身速度與逃跑距離日漸提升，感受到他確實有所成長。

路佳只是靜靜地望著他們倆。

一語不發，就只是靜靜地望著而已。

而且臉色顯得有些哀傷。

4. 魅魔國

過了兩天左右。

雨沒有停歇。

儘管不時會出現減弱的跡象，滂沱豪雨仍整天下個不停。

霸修與兄妹倆就在那樣的雨勢中慢慢前進。

話雖如此，實際上是否有朝著希望的方向移動便不得而知了。

方向由路佳指引。

身為咒術師的她，可以藉魔法得知復仇目標的方位。

然而，那似乎無法辨別詳細位置，甚至讓人覺得像在相同的地方徘徊打轉。

訓練路德的進度感覺也沒有多順利。

不過，那也是合情合理的。假如才短短兩天就能突然變強，誰都不會戰死吧。

路德有付出努力。

每天向霸修發動攻勢，遭到打發，然後被逼著跑步。過程稱不上是什麼修練。

4.魅魔國

對他來說，每天都在被迫認清自己有多無力。

肯定是屈辱的吧。

不過路德並未發出怨言。

所以霸修也沒有放棄，仍耐心地繼續鍛鍊他。

讓路德朝自己進攻，將他踹飛，逼他站起，再將他踹飛，逼他跑步，再將他踹飛。

不負其訓練，路德累倒前支撐的時間變長了，站著對打與跑步的時間也有所成長。

要說那算不算變強的證據，當然沒那回事。

但是，那樣就夠了。

人要變強並沒有那麼快。就連資質如霸修這樣的人，要成為獨當一面的戰士也花了一年工夫。尋常士兵想成為知名的戰士，應該就要置身激戰好幾年。

不過，食人魔（ogre）的名稱拼音雖與半獸人（orc）類似，卻是比半獸人更適於作戰的種族。

半獸人屬於環境適應能力與繁殖力無人能及的種族，但除了那兩項外都是食人魔更強。

無論是單純的力氣、耐久力、敏捷度、感官能力或智慧，如果拿平均值來比，都是食人魔遠勝半獸人。

因此食人魔整體數量固然比半獸人少，在七種族聯合當中仍位居上層。

所以，霸修認為這套訓練遲早也能收穫成果才對。

雖然不知道路德與路佳是怎麼想的，但他們倆跟霸修都很親近。

用餐時，兄妹倆都愛聽霸修談戰場上的事蹟。

當他們一面躲雨，一面聽霸修提起過去在戰場遇見的強者，兄妹倆就會雙眼發亮，並且催他再多說一些。

然而，提到「凍眼」路拉路拉的軼聞時，兄妹倆就露出有些落寞，也有些難受的臉色。

回想起來，霸修以往認識他族幼童的經驗並不多。

在這段旅途中，雖然有遠遠看過幾次，霸修卻不會靠近跟他們攀談。

小孩無法產子，對霸修來說就沒有用處。

然而，像這樣實際面對小孩，讓他覺得很不錯。

這大概是叫保護慾吧，不同於性慾的部分受到了刺激。

如此反覆修練與移動的日子，在某一刻迎來終點。

雨戛然而止。

「嗯？」

霸修一面朝突然停下來的雨端起手掌，一面帶著納悶的臉仰望天空。

天空被厚厚的雲層籠罩，一片昏暗。

凝眼望去，也能看出雨持續下著。

4.魅魔國

但是不知怎地，雨珠卻沒有落在霸修等人的身邊。

路德與路佳也一臉不可思議地環顧四周。

仔細一看，可以發現方才走過的路於地面上明顯形成了界線。

界線外浸滿了水，霸修他們所在的內側卻略顯乾燥。

「……結界？」

路佳低聲說出的一句話，讓霸修他們發現自己闖進了某人所設的結界。

防範風雨的結界。

而且規模相當可觀。

像是戰爭時，都市遭受大規模魔法侵襲時會設的那種……

「呵呵呵呵……」

忽然間，有道聲音傳來。

霸修回頭往去，只見四周不知在什麼時候籠罩了霧氣。

對曾經闖蕩戰場的人們來說，那片帶著一絲桃紅色澤的霧氣是難以忘懷的。

「不妙……」

霸修立刻掩住嘴，屏住呼吸。

這陣霧，這種甜美的氣息。

半獸人們在戰場聞到這氣味時，就會明白有可靠的援軍來了而士氣大振。

但是在振奮的同時，他們非得從現場離去才行。

因為男人只要吸進那片霧氣，都會不由分說地變成廢物。

（魅魔的桃色濃霧（Charm mist）嗎！）

那是在戰爭中一直都很有效，而且直到最後都找不出完美防範手段的魅魔絕招。

能讓男人的理智蕩然無存，變得對下半身唯命是從的無敵魔法。

「呵呵呵呵呵……」

在霧氣的深處有名女子。

淡粉紅色的頭髮束成了雙馬尾。個子不高，臉孔與體態都稚氣未脫。

然而，香豔的程度足以辨明她是個女人。

只遮住局部的黑色皮衣，白皙的肌膚泛出一絲汗水，嫵媚得只要男人看了都要吞口水。

那副身材的主人正一臉妖豔地舔著自己的手指。

那是個魅魔。

她沒有尾巴，翅膀也只長了單邊，不過仍無疑是個魅魔。

「真是一群壞孩子，在這種下雨天，你們是從哪裡誤闖而來的呢……？」

她將舔過的手指，緩緩地挪向自己的下腹。

4.魅魔國

隨後更大大地張開雙腿，一面撫弄下腹，一面用空著的手向霸修等人招手。

同時，魅魔的眼睛發出紅光。

「我說，幾位小弟弟，曉得嗎？擅闖魅魔國的男生，即使被吃掉也怪不得人喔？」

霸修感覺眼前變得迷濛。

察覺自己中了「魅惑」時，已經太遲。

視線早就緊盯著魅魔的肢體，腳步也搖搖晃晃地朝她走近了。

「強壯的半獸人大爺。來，歡迎蒞臨。我會讓你享受到極致的歡愉……來，看著我的眼睛，呵呵，精壯強悍的男士……你長得多麼英俊啊……簡直跟我崇拜的那位英雄一樣……」

霸修的視野因為魅魔的紅眼而變得模糊。

霸修的半邊腦袋正告訴他，這是最大的危機。

對方碰不得。碰了的話就全完了。

處男半獸人碰了魅魔以後，即使之後發生性行為也還是會變成魔法戰士。

半獸人的英雄淪為魔法戰士。

出了那種事，半獸人的驕傲將會顏面掃地。

絕對無人能容許。絕不可容許。

非得盡全力抵抗才行。

4.魅魔國

然而，魅魔的紅眼一亮，心中的警訊也就隨之淡去。

當魔法戰士有什麼不好？沉溺在她的身軀肯定很爽。

白皙細緻的肌膚，大小適中仍可引人遐思的胸脯，每當她伸手撥弄，便能聽見翻攪液體的香豔聲響傳遍四周。

每聽見那聲音就會讓意志變得薄弱，身體逐漸放鬆。

相對地，霸修的小老弟卻變得硬梆梆，還逐漸主導起他的身體。

手不由自主地伸去。

朝著魅魔……

「咦？」

然而下個瞬間，霸修的身體忽地恢復了自由。

模糊的視野回歸原狀，眼前的魅魔衣不蔽體，而且瞠目結舌地仰望著霸修。

「……請、請問，您該不會——」

魅魔將雙腿併攏了。

接著，她緩緩地起身，一動也不動地站直。

她一面微微踮腳，一面端詳霸修的臉。

「『半獸人英雄』霸修大人，是您嗎？」

「……對，就是我。」

話一說出口，魅魔就大受刺激似的站不穩了。

而且，她立刻拿起藏在樹後頭的布料。

那是細心摺好的衣物。

魅魔迅速將衣服穿了起來。老練的動作十分迅速。

回神之後，霸修希望能一直細看玩味，更希望能親手觸摸，甚至納為己有的東西，已經被寬鬆的軍裝給包裹住。

原本的雙馬尾變成麻花辮，臉上還戴著鏡片厚重的眼鏡，給人的印象瞬間變得土氣。

魅魔接著把手湊到額頭。

那是她們的舉手禮。

「以、以前我在戰場上，曾經讓您救過一命，我名叫葳娜絲！」

然後她當場下跪，並且深深地低頭行禮。

「剛才失禮了。能見到您是我的榮幸。『半獸人英雄』霸修大人！」

「這、這樣啊……」

聽對方一說，霸修點了點頭。

雖然不太能理解狀況，但危機似乎過去了。

4.魅魔國

「您會生氣是合理的！霸修大人貴為英雄，更是魅魔族的恩人，我竟然對您施展了魅惑，心存榮譽的魅魔不該有這種行為！懇請您務必包涵！」

「我並沒有生氣。幸好妳中途收手。」

「多麼寬厚的話語啊！感謝您！」

看不到葳娜絲火辣辣的肢體固然遺憾，但是霸修確實鬆了口氣。

照剛才那樣發展下去，霸修應該會抵抗不住她的魅惑，在不應該的場合破處了。

造成的結果便是霸修這輩子當定魔法戰士了，無庸置疑。

非但如此，也許他將淪為魅魔的奴隸。

要是「半獸人英雄」的額頭上被烙下魔法戰士的烙印還淪為奴隸，半獸人的驕傲就顏面掃地了吧。

半獸人也不會默許英雄之名受辱。

魅魔與半獸人兩族之間肯定會開戰。

由半獸人挑起對魅魔的戰爭可不成。

因為那將是毫無勝算的滅族之戰。

「所以說，霸修大人，請問您來魅魔國有何貴事呢？既然霸修大人您親自蒞臨，我國可是要全體動員歡迎的喔……？」

「說明起來會有些複雜……」

霸修回頭看向身後，只見路德正被他的妹妹架著動彈不得。

「啊，咦？我剛才是怎麼了……？」

他恐怕跟霸修一樣，不幸中了魅惑吧。

效力解除後，路德便一臉茫然。

「原來如此！表示您這次造訪有複雜的內情嘍！」

於是葳娜絲想通似的把手湊到下巴。

「這樣的話，表示那隻妖精之前所說的也都是真的嗎……」

「妖精？」

「是的，日前有個自稱捷兒的妖精來到這裡。他說霸修大人應該是被河水沖到了這一帶，還警告我們要是敢把您藏起來可不會善罷干休，嚷嚷了大半天。」

「……」

「我等是有尊嚴的魅魔，不可能對有恩於全族的霸修大人做出那種事……族裡都認為那隻妖精太侮辱人，他就在眾口譁然下被捉住了。」

那一幕彷彿活靈活現地浮現於霸修眼前。

「我的確是從橋上滑落到河裡，就跟捷兒走散了。」

4.魅魔國

「太好了，那麼能請您來接他回去嗎？那隻妖精鬼叫了一整晚，看守的士兵都被他搞得神經衰弱了。」

「唔……」

霸修思索著。

魅魔國。

那裡當然只有魅魔。

魅魔這支種族在任何人眼中都如花似玉。時而妖豔，時而清純，時而嬌憐。甚至連半獸人當中，都會有人夢想能跟魅魔深交。就算生不出小孩也無所謂。

不過，魅魔在七種族聯合屬於高等的種族，鮮少會理睬半獸人。

話雖如此，當成食物就另當別論。

她們都會伺機將男人吃乾抹淨，無一例外。

霸修對魅魔並沒有負面觀感。

更不介意被她們當成目標，甚至覺得多多益善。

或許彼此生不出小孩，自己也不能淪為奴隸，但如果只是提供一夜的餐點，應該就可以共築雙贏的關係。

然而，那要在霸修脫處後才有得談。

當下自然是萬萬不可。

而且就像方才經歷的那樣，霸修對魅惑並沒有抗性。

只要有個魅魔稍微起意，霸修戒懼的悽慘未來就會成真。

那裡是危險的地方。

自己才剛招架不住魅惑，總不能說去就去。

「請讓我們舉國歡迎您！好耶，大家一定會很開心……！」

「不，麻煩妳帶捷兒來這裡。」

「怎麼這樣！拜託您！有恩於我等魅魔的霸修大人專程來到國境，要是就這麼被我趕走了，是會敗壞魅魔族名聲的！連女王都會訓斥我的！」

「但……」

霸修是半獸人英雄。

因為害怕被魅魔破處而不敢入境，他沒辦法向對方坦承這種事。

霸修一面感到有些為難，一面看向路德與路佳。

「……跟我一道的還有他們，目前正在趕路。」

「咦？啊……」

路德聽見那些話，就露出了猶豫似的表情。

4.魅魔國

反觀路佳則是猛搖頭。

對於剛體驗過魅惑的人來說，會感覺人身安全受到威脅也是難怪。

「那個看起來很美味的小男孩是……咳！失禮了，請問那兩位是？」

「我收的徒弟。」

「哎呀，沒想到是您的徒弟！居然能得到霸修大人指導，多令人羨慕……！請您也務必賞臉，陪我做房中術的特訓……咳！」

葳娜絲大概是穿得少而著涼了，一連咳了好幾聲，最後才擺回嚴肅的表情看向霸修。

「總之，您似乎有所提防。可是請放心。霸修大人是魅魔族的恩人！您廣受尊敬！因此您本人自然不用說，就連徒弟都不會有人斗膽亂碰。就算有一兩個魅魔因為您太有男子氣概而失控，我也絕……不，我們全體族人都不會讓那種傢伙得逞。曾在里納沙漠撤退戰被您搭救的魅魔們，絕對不會允許那種事！哪怕要賠上一條命！」

從葳娜絲的話裡能感受到沉重的決心。

「所以拜託您！拜託您來一趟！撥點時間就好！懇請您抽空向女王問候一聲！拜託您了！這也是為了我等的名譽與驕傲，求求您！」

被對方拜託到這個分上，霸修也無法拒絕。

「我知道了……但是，我不會久留。畢竟我們旅行還有其他的目標。」

「當然當然！來來來，這邊請！」

如此這般，霸修一行人便入境魅魔國了。

■

魅魔國的首都一片蕭條。

原本應該會有桃色濃霧籠罩全城，讓所有種族的男性將意識及理性拋諸腦後，如今城裡卻空蕩蕩的。

感受不到所謂的活力，幾乎毫無行人。

魅魔在七種族聯合是與惡魔、食人魔比肩的高階種族。

不僅其特質面對加盟四種族同盟的所有男性都具備優勢，更是在肉體上及魔法上都優越過人的種族。

那便是魅魔。

霸修所知的魅魔，臉上一向妝點得完美無缺，還總是笑臉迎人地展現出從容……

路上僅存的行人卻沒有那種餘裕。

臉頰消瘦，感覺有欠神采。

4.魅魔國

「還真蕭條。」

「畢竟我們是戰敗國……糧食也所剩無幾，這樣還要大家打起精神可就為難了。半獸人的處境不也類似嗎？」

「半獸人倒不至於缺少糧食，所以比較有精神。」

糧食短缺。

聽過對方的說法以後，霸修忽然感受到視線而轉過頭。

猛一看，路上聚集了幾名魅魔。

她們正眼冒血絲地盯著霸修。嘴邊還不忘流下牽絲的唾液。

她們個個都符合魅魔形象，屬於長得美麗妖豔的女子。

身材更是光看就讓人忍不住吞口水。

若智人女性要塑造出那樣的身材曲線，肯定要費一番工夫。

但是，仔細看會發現她們都手腳乾瘦，側腹浮現出肋骨，臉頰已經凹陷。

應該都沒能飽餐吧。

或許因為這裡並非戰場，她們連口紅都沒擦，因此能看出嘴唇也是乾裂的。

「哎呀，那位是裘佳。她也常常……」

「葳娜絲，跟妳一塊的這幾個人看來挺美味的嘛～？」

葳娜絲正想說些什麼，當中就有一名魅魔舔了舔嘴唇，並且湊向霸修等人。

對方站到霸修面前，然後挺出腰桿，擺了用食指抵在唇邊的性感姿勢，仔細對霸修打量起來。

不過，女子的目光鎖定了霸修的胯下。

彷彿怕眼睛一轉開就會錯失，彷彿說什麼都不會讓霸修逃掉。

那樣的視線讓霸修有些猶豫該不該遮住胯下。

呃，雖然他並沒有掏出來現寶，但是敵人已經盯緊要害，就這麼毫無防備地暴露在風險下難免令人不安。

對方的視線就是這麼強烈。

「哎，多麼英挺啊……」

「這邊的小男生也不錯……但果然還是半獸人大哥比較好。看就知道，擠出來的量一定又多又濃。」

其他魅魔也賊賊地露出低俗……不對，露出勉強稱得上妖豔的笑容，朝著霸修等人圍了過來。

但她們只有湊過來凝視，並沒有伸手觸碰。

雖然霸修並不知情，但這是因為魅魔族之間有「未經允許不可碰他人獵物」的規矩。

4.魅魔國

「嘻嘻，妳們看，這邊的小女生想保護她哥哥，表現得好拚命喔。」

「真可愛～那就破例讓她觀摩哥哥跟別人快活的模樣吧。」

「呀哈哈哈，妳的品味好低級喔～」

「什麼嘛，妳還不是也喜歡那一套？可以欣賞別族女性絕望時的臉。」

魅魔們自說自話地圍著霸修等人打轉。

滿臉通紅的路德把臉轉向旁邊，路佳則為了保護他而張開雙臂威嚇。

「照我看，他們是越過國境的傻瓜吧？好好喔，負責守備國境，偶爾就能享到這種口福。分我們一點嘛，葳娜絲。我跟妳交情算不錯的啊？先不談那邊的小男生，大塊頭應該能擠出不少吧～？哎呀？仔細一瞧，他還沒有硬挺起來耶？是不是妳施的魅惑效果不夠呢？我來幫妳助勢……」

「裘佳。別只顧盯著胯下，看看這一位的臉。此刻，妳已經做出大不敬的行為。」

反觀葳娜絲言詞冷酷。

過來搭話的女子名叫裘佳，只見她睜大眼睛，甚至連身體都氣得發顫。

「什麼叫大不敬嘛，讓我們挑逗一下又不會怎樣～……看就看啊……」

裘佳找藉口似的把視線轉向了霸修的臉。

其他魅魔也一樣。

於是，她們愣了幾秒。

「……請問，您該不會就是『半獸人英雄』霸修大人？」

「對。」

霸修點頭的瞬間，裘佳等人便俐落有聲地立正站好了。

原本像貓一樣彎著的腰如大樹般挺直，稍微向旁偏去，保持在有自信的角度的臉也跟著擺正，下巴收起，右手則挪到臉孔旁邊。

魅魔軍中的正式敬禮就在眼前。

儘管服裝略嫌煽情。

「是我們失禮了！」

「唔，不會……」

「喂！」

裘佳一聲令下，其他魅魔連忙跑進暗巷。

她們從暗巷裡拿來了三人份的破布。

裘佳等人把那穿上以後，略顯消瘦而又妖豔的肉體就被遮住了。

對霸修來說固然有些遺憾，同時卻也鬆了口氣。

「我名叫裘佳！我們這些人都在派魯茲河的防衛戰讓您救了一命！『半獸人英雄』霸修

大人！剛才用那種態度對待您，實在萬分抱歉！」

「萬分抱歉！」

說到這裡，裘佳掏出了一把匕首。

「霸修大人恩重於魅魔，我非但沒有回報恩情，還將您視為一頓美餐！不僅如此，甚至打算跟同伴將您私下分食，敗壞魅魔的尊嚴及名聲！請容許我當場以生命償還這項罪過！」

「呃……」

「不過我身旁這兩人都還是毛頭小輩！望您准許用我這條命赦免她們的罪！那麼，還請欣賞愚蠢之人的自裁光景！願我奉上的血花，能為殘存的戰士一長志氣！恕我就此拜別！」

接著她順勢舉起匕首準備朝自己的心臟捅，霸修硬是抓住她的手臂停下她的動作。

「無妨。我沒放在心上。」

面對真正尊敬的人，魅魔絕不會施展魅惑魔法。

對霸修來說是有點遺憾，不過，目前的狀況也算給了霸修方便。

畢竟霸修再厲害，總不可能連魅魔的魅惑都對他無效。

然而，與霸修的心思背道而馳，那些魅魔都鼓譟起來了。

「多麼寬厚的人物啊。」

「還不惜抓住裘佳中隊長的手制止她。連那樣的醜女，霸修大人都願意毫不遲疑地抓她的手……」

「應該是因為裘佳中隊長自裁的模樣，只會髒了大家的眼吧。畢竟她是對恩人產生情慾的奴才。」

「妳們原本還不是一樣！」

總之，魅魔們的視線從原本像在看待熱氣騰騰的烤肉，變成了懷著豔羨與敬意的眼神。愛心型的瞳孔則變成星星的形狀，散發出閃亮的光彩。

「不過霸修大人，您願意造訪這個國家令人慶幸，但是請提高警覺。」

「什麼意思？」

「目前，這個國家正逐漸淡忘尊嚴。走在這個國家的時候，請您千萬不能落單，要儘量讓葳娜絲陪在身旁。」

「呼嗯……？」

對方說的話，讓霸修微微偏了頭。

那是無意間的舉動。

然而，看在魅魔們眼裡卻非常可愛，方才還想自斷生機的心臟怦然搏動起來。

「……雖然不太懂妳的意思，但我沒有打算逗留太久。接回捷兒，向女王問候過後就會立刻離開吧。」

4.魅魔國

「是！那麼，霸修大人，感謝您與我們交談！我會把這當成永生不忘的回憶，並且世世代代引以為豪！」

「感謝霸修大人！」

魅魔們齊聲低頭致意。

秀髮與唯美的肢體全都看不見。

以往身經百戰的戰士披上了頭陀袋般的破衣，從上方望去就像三條毛毛蟲。

那模樣彷彿象徵著現今的魅魔。

5. 魅魔女王

「魅魔女王」迦梨凱勒在魅魔當中，亦屬格外妖豔的女人。

對魅魔而言，妖豔一詞可用來代指身經百戰的女豪傑。

成為女王之前，她從仍是「魅魔公主」的時候，聲名就已經轟動全世界了。

過去她的外號是「剎骨」迦梨。

碰上男人就會將對方吸得只剩皮與骨，碰上女人就會拔出對方的脊椎骨，封號正是因此而來。

那樣的她，目前的外貌與戰爭時已有差異。

豪乳，巨尻，眼睛底下與乳溝間有痣。

儘管這些特徵都還健在，從鎖骨到胸口卻多了一大道燒傷痕跡。那是狀似樹枝的傷痕。

遭到電擊留下的傷。

她在精靈族與魅魔族的決戰中，敗給了桑德索妮雅。

命是救回來了，身體卻帶著大片傷痕，其中一條腿更留有後遺症。

5.魅魔女王

終戰後，身為女王的她本想退位，但後繼者皆已死絕，無人能接下王位執掌國務，因此至今仍然以女王身分君臨魅魔國。

日前，那樣的她接到了來自獸人國的正式抗議函。

魅魔國前將軍凱珞特發動襲擊，聖樹隨之枯死。

她的行動是否代表魅魔國的全體意志？倘若如此，獸人國將不惜一戰……抗議函中是這麼寫的。

接到如此洋洋灑灑的抗議函，對「魅魔女王」迦梨凱勒來說好比晴天霹靂。

凱珞特大約在一年前就失聯了。

迦梨凱勒擔心凱珞特是否在某地受傷或者生病，剛決定冒著被他國指指點點的風險派出搜索隊，隨即出了這種狀況。

一方面納悶凱珞特為何會這麼做，另一方面卻也覺得該來的還是要來，對她有所諒解。

她吃了不少苦。

與外國進行的交涉，全是交給她去辦的。

當中發生過的事情，凱珞特從來不肯向人多提，但是她受過什麼樣的對待，只能說有目共睹。

不過，凱珞特在迦梨凱勒面前都不會將那些表現於臉上，只是滿懷慚愧地報告自己毫無成果。

凱珞特比任何人更為魅魔這支種族著想。

那樣的她值得信賴，卻也有容易鑽牛角尖的傾向。

迦梨凱勒一直都在替她擔憂，還認為凱珞特累積的怨憤無論何時爆發都不奇怪。

所以才覺得「該來的還是要來」。

因此，迦梨凱勒決定不多想凱珞特的行動。

連身為魅魔最有風骨的她都爆發了，換成其他魅魔應該也會走上同樣的末路。

無論是迦梨凱勒或魅魔國的民眾，都沒有資格責怪凱珞特。

留下來的人該思考的並不是如何處置她。

問題在於，她做出的行動導致魅魔國當下受到了懷疑。

若確實是她所為，獸人就十分有可能發動戰爭。

魅魔目前根本沒有跟他國打仗的餘力。

交戰的話鐵定會輸，肯定連嬰兒都將被殺光。

遭到斬草除根後，應該會滅族吧。

名為魅魔的種族正是如此地受人厭惡。

為了讓這個國家、讓名為魅魔的種族存續，在應對上就不能出錯。

5.魅魔女王

所以，迦梨凱勒立刻寫了致歉函回覆。

凱珞特是已經從我國出奔的人物，其行為無關乎國家的意向，這次發生的事件實在令人遺憾，大意是如此。

萬一凱珞特回到我國，屆時必將其繩之以法並移送至獸人國，結語則是如此。

凱珞特過去一直為國家付出心血，這樣對待她是多麼地忘恩負義，儘管迦梨凱勒內心這麼想……

那封致歉函仍未得到回覆。

萬一之前的抗議函是獸人刻意做文章，情勢每況愈下地演變成戰爭又該如何是好？自己保護得了人民嗎……？

迦梨凱勒心裡時時充斥著這樣的憂慮。

迦梨凱勒是戰時登基的女王。她是擅長作戰甚於外交的戰士。

但她面對這項問題非得盡力而為。實乃多災多難。

最近除了有那樣的狀況以及慢性糧食短缺，連雨都下個不停。

城裡受結界保護便不用擔心水患，但「飼料」遲早會有生產不及的一天吧。

於同一時期，納札爾也捎來了書信表示會派發新的儲糧，消息本身雖令人高興，卻不知道能信任到什麼地步……

令人苦惱的日子一路持續，還發生了更糟糕的事。

有妖精殺上門來。

「唔喔喔喔喔！老大！老大！霸修老大在哪裡！妳們這些魅魔敢把他藏起來的話，小心我跟妳們沒完沒了！就算老大長得再帥，妳們還是要懂是非啊！竟然軟禁『半獸人英雄』想把他吸到乾，簡直不知羞恥到極點！就算霸修老大覺得開心，我捷兒也不會容許妳們這樣亂搞！快點！把老大交出來！要不然我會殺光妳們喔！老大……老大～！拜託你，在的話就出聲回答我，老大～！」

殺上門來的妖精被帶到迦梨凱勒面前時，被捲起來綁著。

「語無倫次的捷兒」。他是很有名的妖精。

當然，並不是因為滿嘴假話而聞名。

因為對魅魔恩重如山的「半獸人英雄」霸修，跟這隻妖精是搭檔。

話雖如此，為什麼這隻妖精會在這裡，沒人聽得出頭緒。

何況他還說了一堆莫名其妙的話，像是霸修跌到河裡，人應該就在這附近，是魅魔把他捉住之類的。

原本像這樣的問題，可以用一句「別把有尊嚴的魅魔看扁了」喝斥回去。

魅魔是重恩情甚於一切的種族。沒有人會愚昧到把恩重如山的霸修當食物，更別說剝奪

5.魅魔女王

其自由。萬一有人發現霸修，就會立刻向身為女王的自己報告，並且奉為國賓歡迎才對。

……儘管迦梨凱勒想這麼說，當前的魅魔國卻潦倒不堪。

人人都餓著肚子，種族整體正逐漸失去尊嚴。

說來慚愧，迦梨凱勒無法斷言絕對不會發生捷兒指稱的狀況。

當然了，那種可能性是不會被容許的。

假如魅魔國有人敢誘拐並軟禁霸修，還把他當食物對待，那就絕不能饒恕。

有必要以女王之名當眾處刑。

「妮歐，雖然我想萬萬不可能，姑且還是做個調查。另外，記得不著痕跡地向國境守備隊知會一聲。」

「是。」

因此，事情來到了女王命令心腹祕密於國內展開調查這一步。

然而，迦梨凱勒在這個時間點就已經過於樂觀。基本上，霸修沒有理由來這一帶。終究是妖精的戲言吧……她這麼心想。

或許會有人嘲笑她的思慮不夠周全。

不過道理就是這樣的。若有妖精突然衝進來嚷嚷，就得先懷疑那是騙人或惡作劇才行。

漫長的歷史已經證明了那一點。

於是經過兩天左右，迦梨凱勒接到了心腹報告：「可疑分子都調查過了，但每個人都是清白的。」

果然是妖精在扯謊嗎？就算他曾是霸修大人的搭檔也不能輕饒，應該要扯斷四肢，然後做成標本……迦梨凱勒正氣得如此打算。

「陛下。守備國境的葳娜絲發現了霸修大人，他們似乎正要過來這裡。」

這麼一句報告就傳到了耳裡。

■

此刻，在魅魔女王迦梨凱勒面前，有一名半獸人。

綠色肌膚，身負巨劍，全身湧現強者氣息的半獸人。「半獸人英雄」霸修就坐在那裡。

「歡迎你蒞臨本國。『半獸人英雄』霸修大人。」

魅魔族的寶座打造成了橫向且狹長的樣式。

女王於謁見之際，要慵懶地橫臥俯望對方才符合常規。

只要她有意，還可以睡在就像沙發床一樣的寶座上頭。

要問為什麼設計成那樣，則是考慮到若是謁見對象為男性，女王就可以隨時動手用餐的

5.魅魔女王

緣故。

然而，對方若是尊敬的人物，更是有恩於己的男性，就不能那樣了。

迦梨凱勒打直背脊，彷彿硬挺有聲地坐在寶座上。

「我分別差點中了葳娜絲與袠佳的魅惑，但她們後來都願意收手。」

「竟有此事……！請你饒恕。之後我會嚴懲她們倆……」

「無妨。雖說是魅魔，被她們求愛的感覺倒不壞。」

居然對敬重的恩人施展魅惑，這對魅魔來說是大忌中的大忌。

儘管霸修肯替她們說情，葳娜絲等人還是得受教訓才對。

迦梨凱勒想是這麼想，不過看著霸修念頭就淡了。

「……霸修大人。」

讓人忍不住想要緊摟的強壯臂膀，看了會誤以為是在勾引自己的臀部曲線，感覺能大量發射的結實下半身……

（太誘人了……！）

真想立刻將他扒光吃掉。

（不行，不行！妳要振作，迦梨凱勒！霸修大人是救了魅魔國的恩人！假如他當時沒趕到里納沙漠，現在魅魔已經滅族了！不可以把他看成食物！）

5.魅魔女王

假如自己並非女王，應該就把持不住了。

迦梨凱勒心想，虧葳娜絲她們能夠及時收手。葳娜絲與衮佳都是對國家大有貢獻的軍人。她們應該懂得何謂尊嚴。

若因為一時鬼迷心竅，就非得要她們受罰，那可不應該。

「我本該在這時候舉國歡迎才是。不過說來慚愧，國內財政拮据，當下又有些要事必須處理。」

「無妨。感謝妳的心意。」

「這是應該的。」

盤腿坐著的霸修面前，擺了各式各樣的菜餚。

烤全牛、堆得高高的麵包、開胃菜、好幾種湯品、甜點。

他舉杯飲盡國內模仿智人釀造的紅酒，然後立刻要隨侍的魅魔再倒一杯，還露出了十分滿意的笑容。

聽說其他種族愛吃的就是這些菜，迦梨凱勒才派人去張羅。雖然她自己分不出味道是好是壞，霸修品嚐起這頓大餐倒是一臉享受。

「不提這些，聽說捷兒讓妳們費心了。」

「啊，你說的是那隻妖精吧。確實令人費心。你願意接他離開嗎？」

「當然了。」

「那麼……妮歐！」

迦梨凱勒拍了拍手，一台送餐車就被推到了現場。

不用說，擺在上面的正是捷兒。

捷兒不僅被捲起來綁著，還被貼上畫有魔法陣的符咒，然後扔進鳥籠裡頭。

嚴密的束縛讓他插翅難飛。

「啊，是老大耶。感覺我說謊的嫌疑已經洗清了，對不對？還是說你們現在是要圍繞我這可愛的妖精展開決鬥？再怎麼說都不公平耶？用魅惑的話，老大就沒有勝算；不用魅惑的話，魅魔就毫無勝算！我不建議你們這麼做喔！倒不如說，能不能幫我解開這條繩子？既然都把我關進鳥籠了，沒必要五花大綁吧？好痛！輕一點啦！妖精可是跟外表一樣纖細的耶！要是被扯斷四肢拔掉頭，再全身點著火就死定了！」

將送餐車推來的心腹妮歐打開鳥籠的蓋子，倒扣一晃，捷兒便從中掉了出來。

魅魔默默地伸出指甲，捆著捷兒的繩子隨之斷開，讓他回歸自由之身。

捷兒頓時用極快的速度飛舞起來。

「唔喔喔！自由！果然妖精就是要自由才叫妖精！發威吧，我的翅膀！感受速度的瞬間正是體認自由的瞬間！空氣牆撲面而來！換氣困難！游絲般的呼吸！空氣真美味！啊啊，這

5.魅魔女王

就是速度的另一端！」

誇張地體認自由的妖精在空蕩宮殿內飛舞了一陣子，然後停在霸修的肩膀。

「哎～都是老大在救我耶！這次我本來想趕去救老大，結果折騰東折騰西又讓老大給救了。這就是我的人生吧！老大正是我的救命恩人。我會一輩子追隨，恩情能還多少就算多少嘍！」

「沒那種事。你的知識幫了我大忙。」

「哎呀！說話這麼甜，假如我不是妖精，老大早就討到老婆嘍！」

捷兒邊扭來扭去邊這麼說。

從霸修的立場，也會覺得捷兒是智人或精靈的話該有多好，遺憾的是並沒有那種事。

基本上正因為捷兒是妖精，才能跟半獸人和睦相處。

換成其他種族，就會變成半獸人發洩性慾的管道。

「話說回來，真不愧是老大耶。跌落那麼洶湧的濁流，虧老大能平安無事！不是，我當然也認為老大不會死在那種程度的濁流啊？但是，總覺得應該會再多一點疲憊。然後魅魔就有辦法趁機捉住老大，並且做這做那的……」

「住口，你這妖精！霸修大人對魅魔恩重如山，我等怎會那樣放肆！可不許你把魅魔看扁了！」

迦梨凱勒用威嚴十足的嗓音斷言。

那聲音蘊藏著不可思議的力量，讓捷兒全身僵硬。

他差點直接從霸修的肩膀上跌落，就被霸修用手掌接住了。

「咳，失禮了。霸修大人。我不小心提高了音量。」

「……呃，不要緊。捷兒也說了沒禮貌的話。」

「也、也對喔，雖然我急著想救老大，還是覺得有點過意不去……對不起……」

捷兒道歉了。世上罕見，懂得向人賠罪的妖精。

「對了，霸修大人。」

事情發展至此，迦梨凱勒有些為難。

既然霸修造訪國內，就要奉為國賓歡迎。這點不會有錯。

這位半獸人的貢獻值得如此款待。

雖然有個這麼誘人的半獸人待在國內的話，國民看了八成都要跟著餓起來，恐怕也有人會把持不住吧，即使稱作國賓仍要低調行事。

所以那沒有關係。問題不在那裡。要說到有什麼問題……

「你這次造訪我國，所為何來？」

原本沒道理會來的人物。

5.魅魔女王

在半獸人國，理應以英雄身分過得悠閒自在的人物。

進一步來說，他更是對魅魔國握有莫大發言權的人物。這樣一名人物專程來到魅魔國，是要做些什麼呢？

具體來說，會是由誰指使，又將提出什麼樣的要求？

對方聲稱在失足跌落河裡後誤闖國境，但是與他並肩作戰過的人都曉得，這位名叫霸修的英雄可沒有那麼迷糊。

肯定是有某種目的才會造訪魅魔國。

那屬於不方便明說的內情，因此才會由捷兒率先入侵魅魔國，故意被抓後就能獲得大義名分，然後霸修自己再跟著祕密入境。

這樣思考會比較自然，道理上也說得通。

略顯粗糙的迂迴策略。以半獸人想出的內容來說顯得太精明了點，換成妖精似乎就勉強想得到。

「我只是來接捷兒而已。沒別的事。之後我打算立刻出發。」

「……原來如此。」

假如迦梨凱勒年紀尚幼，或許就會聽信那套說詞。

但她是身經百戰的女王。

在國家日漸衰退之際，設法撐起局面的魅魔族之首。

「那麼，你啟程後會去何方？」

「惡魔國。」

那句話，讓迦梨凱勒的背脊因寒意而僵住。

前魅魔族將軍凱珞特似乎宣稱要讓格帝古茲復活。

讓惡魔王格帝古茲復活。

他是位傑出的人物，迦梨凱勒也記憶猶新。

一旦復活，戰爭免不了要再次爆發。明明魅魔族已經沒有奮戰到底的餘力了。

「那……為的是什麼？」

「這個嘛，我要討……呃，我要找某樣東西。」

霸修一瞬間變得語塞，卻還是如此答道。

他果然在隱瞞些什麼，迦梨凱勒頓時領會了。

「那是在我國找不到的東西嗎？」

「…………不找就不曉得，但是，恐怕沒有。」

意思就是有——迦梨凱勒心想。

同時，她也覺得這話說得拐彎抹角。

5.魅魔女王

只要你開口要求，在這魅魔國裡恐怕沒有得不到的東西啊。

迦梨凱勒是高度理性的魅魔，但如果霸修肯陪她來一炮，說不定就連魅魔國的國寶她都能拱手讓人。

基本上，跟國寶相比，能與英雄一夜纏綿的價值高多了……

（不行！不行！妳振作點，迦梨凱勒！妳可是魅魔族女王！現在才不是讓妳像黃毛丫頭一樣妄想的時候！魅魔族正在進退維谷的節骨眼上啊！）

迦梨凱勒甩了甩頭，把妄想從腦裡趕跑。

具備濃厚精力的男性送到面前，還貼上來表示「今晚妳可以為所欲為」，這年頭根本連小丫頭都不會做這種妄想。

話雖如此，事有湊巧，會忍不住心想或許有機會，這就是魅魔的天性。

「意思是，惡魔國有你要找的那樣東西？」

「對，納札爾是那麼說的。」

「你提到的納札爾，莫非是那位『來天王子』？」

「沒錯。」

這就對了，迦梨凱勒察覺到蹊蹺。

提到納札爾，正是日前剛捎來一封書信給魅魔國的人物。

信裡寫到他聽說魅魔國糧食短缺，所以會送新的儲糧過來。

坦白講，迦梨凱勒認為不會有那麼便宜的事。

這幾年來，凱珞特為了糧食短缺走遍各國求助，都不知道忙了多少趟。

暫時回國的她，衣服曾經沾滿了穢物的痕跡，那讓迦梨凱勒永生難忘。

（智人派他來的啊。）

迦梨凱勒悄悄將眼睛瞇細。

可以看出一些當中的內情了。

霸修恐怕是督察者吧。

督察魅魔是否真的糧食短缺，以及是否有妥善管理被送來的儲糧。

應該就是這麼回事。

智人送來他們的同胞，讓魅魔當儲糧。

實際上，在戰爭剛結束時，魅魔曾胡亂消耗他們送來的同胞，導致死了不少人。

再次把同胞送到那種地方行嗎？智人內部恐怕也有分歧的意見吧。

倒不如說，反對者應該占了多數。

正因為如此，智人才決定派出督察者，以確認是否安全。

至於怎麼會選上霸修，只要想一想，立刻就會知道他是適任的人選。

5.魅魔女王

萬一魅魔國真的有胡亂消耗糧食的情形，揚言要派人督察的話，她們肯定會想辦法掩蓋實情。

所以這件事非得祕密進行。

話雖如此，如今要派智人當督察，難免會被識破身分。

於是就找上了霸修。

日前，據說獸人國舉行了三公主的婚禮，霸修應該也有去觀禮。

半獸人跟魅魔一樣，受到四種族同盟的厭惡。

凱珞特作亂一事讓霸修蒙受嫌疑，即使四種族同盟打著叫他證明自身清白的名義，要霸修潛入魅魔國督察也不奇怪。

由他潛入就能裝得與智人毫無瓜葛，既然集魅魔的尊敬於一身，想參觀糧食儲藏室也可輕鬆如願。

萬一霸修本身被魅魔吃乾抹淨，也無損於智人。

很像狡猾的智人會打的主意。

「對了，霸修大人，我們換個話題吧，你對魅魔國的『餐廳』有沒有興趣？」

「餐廳……？唔，這個嘛，若說沒有就是騙人了……」

（果然沒錯！）

這種有些難以啟齒的回話方式，讓迦梨凱勒篤定自己的想法沒錯。

（既然如此，隨便把人趕走就是下策。那會讓霸修大人為難……雖然我本來就沒有那種意思……）

迦梨凱勒一面在內心這麼想，一面猛搖頭，然後做起深呼吸。

（不，我們才沒有什麼好隱瞞的！從最初的儲糧喪命之後，我們一直都在下工夫。更何況霸修大人是半獸人，不用擔心他在報告時說謊。原模原樣地讓他參觀就好！）

迦梨凱勒抬起臉，並且用下定決心的眼神看向霸修。

接著，她懷著自信開口：

「若你不嫌棄，要不要在出發前到『餐廳』參觀？」

「不，我打算立刻出發。」

「別那麼說。結界外仍下著豪雨……要抵達惡魔國應該會是一段艱難的路途。還請你暫時在這裡避雨，順便參觀我國。雖然國情讓人長吁短嘆，倒也還有可看之處喔？」

「唔……」

霸修似乎煩惱了一會兒，但是捷兒過來咬耳朵以後，他們倆嘀嘀咕咕地低聲打起商量，不久就點頭同意了。

「我明白了。就這麼辦吧。」

5.魅魔女王

如此這般，霸修決定在魅魔國逗留了。

結束與迦梨凱勒的謁見，哥兒倆走出謁見廳。

魅魔會派人領路，因此要他們稍等，哥兒倆就在地板坐下來。

哥兒倆沉默了半餉，但是捷兒不久便嘀咕了一句：

「魅魔女王有夠嚇人的耶。她瞪著老大的眼神凶得不得了。」

「對魅魔來說，半獸人是低等種族。原本應該連讓我入境都不樂意吧。」

「就是啊。在戰爭中第一次跟女王見面的時候，她對我的口氣簡直惡劣到極點。還說我是污穢的下人，不准靠近。」

「聽了真懷念。身為『半獸人英雄』，光是能受到招待就該感謝了。」

沒有人知道哥兒倆對話的內容。

要是被迦梨凱勒聽見，現任魅魔女王應該會當場自裁，國內就要改立新的女王了。

6. 餐廳

魅魔國在王宮內準備了客房給霸修。

魅魔對男女觀念是有薄弱之處，但這麼做最大的理由在於防範未然。

畢竟在這個國家，男人會在房間裡獨處，所表達的意思就是「快來吃我」。

因此，客房駐有護衛，目前就派了三名魅魔軍人在房門前及窗外站哨。

「就是這麼回事。」

而在房間內，霸修對捷兒說明了至今的來龍去脈。

「原來如此，是水靈救了老大啊……」

捷兒帶著理解的臉色點頭，並看向路德他們。

「兩位跟水靈是朋友嗎？」

至於路德兄妹倆，則顯得一臉困惑。

「你是指……水元素的精靈嗎？」

「沒有，別說元素精靈的尊容，我跟路佳就連它們的聲音都沒聽過。」

6.餐廳

「或許是因為你們的母親路拉路拉受元素精靈寵愛，才促成了這段際遇。」

霸修這麼說道，路佳卻搖了搖頭。

「是的。儘管家母身為食人魔，仍擅用冰之魔法……不過，我聽說元素精靈寵愛的對象僅限個人。」

「哎，元素精靈就是性情隨興嘛。像我也常常被風靈糾纏，但它們平時總是有事情求我，又老愛沒頭沒腦地說教，一旦出事時卻能幫到不少忙……啊，說不定它們的興趣就是助人！所以或許也會幫助不認識的小孩！」

捷兒所言讓在場眾人姑且信服精靈就是這樣隨興。

既然性情隨興，那也沒辦法。跟天災一樣。

人類大可在它們興起而受到恩惠時慶幸，恩惠被剝奪時便只能認命接受。

「老大，所以接下來該怎麼辦呢？」

「籠罩全國的結界外面雨勢浩大。只有我們也就罷了，要帶著這兩兄妹啟程會很艱苦吧。雨停前只好先留在這個國家。」

「畢竟連老大都跌到了河裡啊……」

那些話，讓路德聽得緊閉嘴角。

「好不容易追上仇人，卻只能讓她溜掉嗎……」

「那女的也失去了翼獅獸，還在大雨中趕路。憑智人的腳程走不了多遠。可以想見她應該會被絆住。」

「原來如此，不愧是師父！」

智人在天候惡劣時的移動速度偏慢。

於戰爭中，智人可說是十二種族裡最容易受地形或天候影響的種族。

他們不像蜥蜴人有行動特別占優勢的地形或天候，弱點倒是很多。

「那麼，請師父趁現在儘量多鍛鍊我！我想要變得更強！雖然不太清楚狀況，但我總不能讓元素精靈失望啊！」

「對。」

從霸修的立場，會希望儘快出發。

成為魔法戰士的那一刻時時都在逼近。

雖說手裡有信要轉交惡魔族將軍，這次也未必就十拿九穩。

焦慮常存於內心。

不過迦梨凱勒所說的話，讓霸修對這個國家起了點興趣也是事實。

「哎呀，老大，怎麼了嗎？看你戰戰兢兢的。」

「沒有，剛才女王不是說要派人帶我們參觀國內？我是介意那個。」

6.餐廳

「原來如此！說起來，魅魔是以全族都是美女聞名的嘛！老大身為半獸人，看到那樣的美女就振奮起來了吧？真可惜，好像大多數的魅魔都尊敬老大，要是她們能夠替半獸人生小孩，或許老大要討老婆就輕鬆嘍。」

「嗯……」

霸修點頭贊同，但就算魅魔能替半獸人生小孩，現在也還不到求婚那一步。

他無論如何都要避免成為魔法戰士。

因此霸修會戰戰兢兢，是出於別的理由。

魅魔族的「餐廳」。

換句話說，那跟半獸人的繁殖場是類似的場所。

日日夜夜都有男女進行交尾的地方。當中若有差異，在於對魅魔來說那是在用餐，並無生小孩的目的。這表示不能算在「性交」。

話是這麼說，行為本身卻與性交如出一轍。

霸修身為半獸人，倒沒有仔細觀察過他人性交。

戰爭中趕赴作戰的他沒那種空閒，戰後也沒去過繁殖場。當然更沒有上過女人。

頂多只有在身為新兵戰士時，遠遠看過幾次戰士長耀武揚威地強暴女人的模樣。

去一趟半獸人的繁殖場，應該就能見識時下的半獸人都是怎樣性交的吧。

同時，肯定也會被人懇求當場做個示範。

那將是霸修的末日。

然而在魅魔國，應該就不會出現那樣的狀況。

魅魔似乎無意對霸修施展魅惑，他可以安全地觀摩他人交尾。

仔細觀察是非常重要的。

只要事先看清魅魔「用餐」的方式，輪到自己脫處時，就可以免於丟人現眼才對。

所以霸修才會戰戰兢兢的。

儘管魅魔跟半獸人又有所不同，但聽說她們會以狂野的交尾將男人榨乾。

從中肯定能學到些什麼。

「剛才，兩位提到了討老婆嗎？」

路佳嘀咕著這麼問道。

「霸修大人，請問您是要娶妻嗎？跟食人魔或惡魔族一樣？可是，聽說照半獸人的習俗，娶了一名女性以後……呃，是會跟其他人分享的……」

不熟悉半獸人的人，常會抱持這樣的疑問。

代為回答的當然就是捷兒了。

「是那樣沒錯！一旦成了『半獸人英雄』，就能獲准擁有自己專屬的女人！但是按照

6.餐廳

半獸人國目前的情勢，老大斷然不可能找到滿意的老婆。所以他才會踏上這趟討老婆的旅程

……事情就是這樣！」

「請問，有沒有什麼條件呢？」

「畢竟老大是半獸人嘛，大前提還是要能生小孩！所以魅魔就不行嘍。還有蜥蜴人之類不合老大的喜好，所以也不行！因為老大喜歡美女，對象最好是精靈或智人，獸人次之。矮人不合老大喜好，但如果是跟智人混血的就有希望！不過，老大到底是個偉大的男子漢，感覺做他的老婆也要有相配的地位才行。像我個人就無法接受隨處可見的村姑，野女人才別想嫁我們老大呢！大概就這樣。嗯，起碼要有個頭銜，比如『女騎士』或者『族長千金』！」

「混血……呃，比方說好了，您覺得食人魔怎麼樣呢？」

「食人魔嗎！老大，你有什麼看法！」

話題拋來以後，霸修想起了路德與路佳的母親——路拉路拉。

食人魔男性的身軀遠比半獸人高大壯碩，還有著岩石般的肌膚。

然而，女性相較之下更接近於智人或惡魔，雖然略有肌肉，外表仍是賞心悅目。

「我認為不錯……但是，食人魔根本不會理睬我吧。」

「就是啊～基本上，惡魔與食人魔與魅魔一樣，都看不起半獸人，即使老大想娶也未必娶得到……」

「不過，能討到那些種族的女性當老婆，我就可以志得意滿地凱旋回國了吧。」

霸修所說的話，讓路佳低語著「志得意滿……」而陷入沉思。

之後捷兒又像機關槍一樣地對霸修誇個不停，路佳卻噤了聲沒有加入對話。

以捷兒的饒舌話語為配樂，現場可以說就此被沉默籠罩。

叩叩。

這時候，房門被敲響了。

「不好意思，在您休息時打擾！我是葳娜絲中尉！」

「進來。」

「我要進去了！」

於是有個魅魔走進了房間。

將粉紅色頭髮綁成麻花辮，有著稚氣外貌的女子。

雖然被鏡片厚重的眼鏡與寬鬆的軍裝遮著，但在場所有人都知道她有副香豔的身材。

像路德似乎就回想起來了，他的雙腿正蠢蠢欲動地不停摩擦。

「我是被指派來帶各位參觀城裡的！」

從葳娜絲又尖又甜的嗓音，可以感受到她有些緊張。

感覺對霸修懷著尊敬與情意的態度，看在霸修眼裡也很有好感。

6.餐廳

假如她不是魅魔，甚至可以斷言霸修早在當天就勇敢求婚了。

「我們立刻出發吧，還是說，您要多休息一下？」

「就等妳來而已。馬上走吧。」

「是！」

她彷彿明知故問般點了頭。

■

霸修等人就這樣被帶到了一棟壯觀的建築物。

感覺規模與王宮同等，或者更大的方形建築物。

該建築物周圍有好幾名人員站哨，可以窺見警備制度之森嚴。

「請看，這裡就是我們魅魔國的『餐廳』。」

「還真壯觀。」

「以往在戰時都是亂吃一通的，但是戰後就必須盡可能讓儲糧活得更久。為了讓他們的生活過得毫無不便，才建造了像這樣的建築物。」

葳娜絲一面這麼說，一面朝那棟建築物靠近，有個哨兵就帶著「不會吧？」的臉色接近過來。

「葳娜絲中尉，那邊的男人該不會是補充的儲糧？好壯的半獸人。他一個人似乎就能餵飽五十人了。」

「大錯特錯！妳們應該早就接到通知了！」

「咦？是，確實有接到視察……不對，參觀之類的通知！難道說，就是那邊的幾位要來參觀？」

「沒錯，這位是霸修大人。所以妳節制點，別用那種眼光看人。」

「可、可是……」

哨兵看向霸修，然後咕嚕吞下了唾液。

其眼裡冒出血絲，長長的舌頭舐過唇邊，手與翅膀都開開合合地動著。

「妳想跟『我等』交手的話，我倒不會加以制止，不過生命是應該愛惜的喔？」

葳娜絲的那副口氣，與她對霸修說話時大有差異。

滿懷對本身戰鬥力的自信，可以感受到她將會擊潰手腳不乾淨的淫賊。

從里納沙漠撤退戰生還的魅魔，跟尋常小兵可不同。

歷經真正的死劫，屬於貨真價實的精銳。

這種對手惹不起。

6.餐廳

「是我失禮了！」

哨兵變得小聲小氣，還不忍割捨似的把目光從霸修身上移開了。

葳娜絲回頭看向霸修，並且正經八百地低頭賠罪。

「萬分抱歉。讓您看到了基層不成體統的一面。那我們走吧。」

「好。」

經過這樣的互動，一行人走進建築物當中。

「……還真乾淨。」

建築物裡光線充足，牆壁與地板都打磨得亮晶晶的。

比起剛才所待的王宮毫不遜色，非但如此，使用的建材看起來甚至比王宮更豪華，還細心地打掃過了。

「據說這樣的環境比較適宜儲糧居住。」

「有這種道理？」

「是的。起初還提供過嚴重透風的破舊房屋，但我們聽從了儲糧的要求。」

「呼嗯。」

霸修想起半獸人的繁殖場。

智人與精靈肉體孱弱，因此有準備柔軟到一定程度的寢具。

但是，那裡日夜都有半獸人蜂擁而至，應該很難稱得上整潔。

當然了，霸修沒有進去仔細看過，也就不清楚詳情……

這麼說來，啟程旅行之前，好像聽人提過那些繁殖奴隸開始有生病或逝世的狀況。

「半獸人恐怕也要幫繁殖奴隸準備這樣的建築物比較好。」

「雖然我不清楚半獸人的繁殖奴隸有什麼樣的環境，至少在這棟建築物落成以後，這裡的儲糧們就能活得更久了。不過，供魅魔『用餐』似乎還是會消耗他們的體力，生病或過世者並沒有從此消失……」

葳娜絲一面這麼說，一面爬上階梯。

爬上二樓，那裡有類似露臺的格局，眼底下則可以看見大廳。

有成群魅魔在大廳排隊。

簡直像國內絕大多數的魅魔都聚到了這裡的景象。

她們全都穿著符合魅魔形象的輕薄衣物，身材曲線一覽無遺。

有的胸部大，有的臀部大，對霸修來說是一飽眼福的景象，但幾乎所有魅魔都面容消瘦，唯獨眼睛還炯炯發光。

「這些魅魔，看起來都挺瘦弱。」

「因為糧食短缺……在她們當中，隔了一個月才用餐者也不在少數。」

「吃其他種族的食物不行嗎？」
「多少吃得下，但沒有男性供我們享用的話，遲早還是要迎來死亡。」
葳娜絲帶著苦澀的表情這麼說道，然後穿過露臺，爬上了通往三樓的階梯。
有幾名魅魔注意到霸修，因而口水直流，但霸修決定不予理會，邁步追上葳娜絲。

6.餐廳

■

眾人被帶到了一處房間。
那裡站著一名穿軍裝的魅魔。
地上鋪有大塊的玻璃，玻璃邊緣刻著咒術性質的紋路，散發著光彩。
「我是葳娜絲中尉。如同先前通知過的，『半獸人英雄』霸修來視察了！妳照常繼續執行任務。」
「是！」
魅魔瞪大眼睛盯著霸修，但立刻就把視線轉回地板的玻璃上。
「從這裡可以看見『用餐』的狀況。從那一邊是看不見我們的，因此請放心。」
「怎麼有這些名堂？」

「有的魅魔會在用餐之際吸過頭而失手殺人，這是因應的對策。」

「難道她們無法自制？」

「畢竟那是本能，即使當事者並不希望，任誰都有可能失手鑄下大錯。必須有人幫忙制止才行。」

「原來如此。」

對所有種族來說，所謂的捕食活動，相當於剝奪對方生命的行為。

但是，魅魔就能夠辦到捕食而不殺死對方。

猶如智人從家畜身上擠奶，她們會從男人身上榨精。

有別於家畜的是如果榨過頭，男人將一命嗚呼。

現在跟戰時不同，並非可以輕易殺人的時代。

家畜沒得補充。殺了家畜，之後會死的就是自己。

魅魔應該投注了細膩的心思在管理「儲糧」。

但……

「太好了。看來『儲糧』今天也很健康。」

在玻璃底下的似乎是一名男智人。

理所當然地全身赤裸。

6.餐廳

（呃，那是智人……嗎？）

然而其外貌卻與霸修看過的任何智人都不同。

要不是膚色呈乳白色，與其稱作智人，或許看起來更像發胖的半獸人。

不，連半獸人都沒有那麼胖。那大概比較接近北方森林出沒的魔獸——山怪。

山怪是用雙腳站立的生物，但身體大半由脂肪構成。或許因為它們什麼都吃，嘴邊總顯得髒兮兮的，還散發著連半獸人的臉都會皺成一團的惡臭。

待在房裡的智人看起來就像那樣的生物。

「他們都有得到充足的飲食與睡眠。多虧如此，外表正如您所見的圓滾滾胖嘟嘟，而且相當健康。」

彷彿理所當然地，「儲糧」一邊懶洋洋地抖動沉重的身軀，一邊走向房裡設置的餐桌。

接著，他開始唏哩呼嚕地抓起餐桌上的食物亂吃一通。

吃完之後，就躺到了房間中央的床鋪，迷迷糊糊地睡了起來。

仰身躺著的那副模樣，看在霸修眼裡很是奇妙。

明明身體白胖，整張臉卻是暗紅色的，眼睛底下還有黑眼圈。

嘴巴疲倦似的大口吐氣，或許是因為難以呼吸所致。

（確實照顧得很健康，是吧……？）

在戰爭中，體胖者大多健康長壽。

相對地，瘦的人往往活不久。

人一瘦就會生病，受傷也難以痊癒。而且體力與肌力都不如體胖者，因此在戰鬥中很容易送命。

所以，霸修原本也覺得「胖就是健康的證明」……

但眼底下的男子，看來卻不是那麼一回事。

倒不如說，甚至有死期已近的跡象。

「啊，『用餐』的時間要到了呢。」

猛一看，有人正準備進房間。

「……！」

那是個十分迷人的女子。

暴露的服裝符合魅魔形象，長長的頭髮呈波浪捲。

豪乳巨尻。只要是男人，任誰都想把她推倒，並且留下自己的子孫吧。

霸修望向男子那邊。

接下來才要緊。

這個男人將會怎麼上這名迷人的女子呢？

6.餐廳

所謂的儲糧就是天天與女人發生關係的男人。一天還有好幾個。經驗肯定很豐富才對。

霸修這次正是來觀摩那些，目的在於供自己參考。

「那麼，要讓您見笑了。」

「……噢～」

「用餐」的過程，短短幾分鐘就結束了。

男子像屍體一樣地躺著，都是魅魔單方面在動。

他連表情都沒有變過。

當魅魔脫下衣物，使霸修緊盯不放的時候，男子根本對魅魔不屑一顧，只用空虛的眼神望著天花板。

霸修還沒空思考「男的怎麼都不動？」魅魔就平平淡淡地開始「辦事」然後結束了。

魅魔在過程中相當興奮，霸修看了也相當興奮，躺著的男子卻好像不是那麼回事，自始至終沒變過臉色，完全都不動。

「……那男的，都不會動耶。」

「是啊。起初也有人願意配合，但是過了一個月之後都會變成那樣。『被吃』到底是一項重勞動吧，我認為這是沒辦法的事。」

「魅魔這邊也不會用上『魅惑』。」

「嗯？那是當然的吧？不用也一樣可以用餐啊。」

「這有道理嗎？」

「施展魅惑是不禮貌的行為。對供我們『用餐』的這幾位『儲糧』可不能有失於禮。」

葳娜絲如此斷言後，就把視線轉回玻璃底下了。

房間裡頭，剛好有第二名魅魔進來，正要走向「儲糧」。

霸修默默看著那一幕，但男子還是沒動，魅魔單方面吸完精氣就結束了。

坦白講，對霸修來說算是大失所望。

但仔細想想，這也是合情合理。

男人們並不是自願來這裡的。

在半獸人的繁殖場，沒有任何女人會說自己希望替半獸人生小孩，道理就跟那一樣。

不可能會有人主動積極地跟魅魔瘋狂交尾。

「如您所見，這幾位儲糧每天都過著舒適的生活。您覺得如何呢？」

「唉……」

即使被問到感想如何，對霸修來說，沒能看見想看的畫面只覺得遺憾。

「敢、敢問您有什麼不滿意的地方嗎？」

「不，我沒什麼不滿。」

6.餐廳

「當、當然了，往後我們還是會盡可能改善的！比如說……嗯？」

這時候，葳娜絲皺起了眉頭。

在玻璃底下的房間裡出現了異狀。

跟第二棒換手進來用餐的魅魔露出倉皇失措的模樣。

這才發現男子仍保持仰臥的姿勢，兩眼翻白，口吐白沫地抽搐著。

「怎麼了！是她吸過頭嗎！」

葳娜絲立刻向身旁的魅魔質問。

「不，她才吸了第一口。那並未到達『他』一天的極限，也許是生了什麼病……」

然而，那名魅魔也是滿臉困惑。

「還說什麼也許是生病！跟我來！」

「是、是的！」

葳娜絲交代完以後，就衝出了房間。

霸修望向樓下，便發現葳娜絲立刻趕到男子房內，開始對不停抽搐的他施展某種魔法。

恐怕是回復魔法之類吧。

但是，霸修看得出來，那已經來不及了。

如今男子死定了。

回想剛看見他的時候，霸修就莫名感受到對方死期已近的跡象了。

「不曉得這是什麼狀況耶，老大？」

「或許有人對他下毒。」

「啊～看他的死法確實很像。」

半獸人斷然不會死於服毒。

因為半獸人有強大的胃，可以消化掉大部分的毒。

然而，霸修他們在戰爭中看過毒發身亡的敵人。那種死因的人，都會像那樣翻白眼並且抽搐著死去。

「用你的粉治得好嗎？」

「不曉得耶，試試看好了！那我走嘍！」

「好。」

捷兒說完之後，就追在葳娜絲她們後頭到了樓下。

■

從結論來說，險些暴斃的男子靠捷兒粉保住了一命。

6.餐廳

目前，奴隸被送進設施內的醫務室，處於病情需要觀察的狀態。

霸修等人則被負責警備的魅魔帶到了其他房間。

在那裡，他們被請到了柔軟如床鋪的沙發上坐著，自稱在這座設施擔任所長的魅魔還低頭向眾人致歉。

「讓各位看到丟人的場面了。不過請放心，我們都有發放充足的『飼料』給這幾位『儲糧』，我敢保證不會再發生像這樣的事。」

那個魅魔報上的名字叫妮翁，同樣讓霸修看了不知道該把眼睛放哪裡。

她身穿跟葳娜絲等人一樣的寬鬆魅魔軍裝，令人訝異的是，即使隔著軍裝也看得出她的胸與臀都壯觀得超乎常軌。

走路、坐下、低頭，光是做那些細微的動作，就看得出有巨大的質量正在移動。

不過，霸修對這個魅魔的名號有印象。

「窒息的妮翁」。

她釋出的桃色濃霧非常稠密，由於濃度太高，對手吸了將會缺氧，並且變得行動遲緩。

雖然彼此不認識，但是霸修在戰場上見過對方一次。

當時霸修仍未成名，妮翁看見霸修便嗤之以鼻地說：「區區半獸人少盯著我看。」

當然，妮翁大概不記得有這件事……

讓那樣的人物低頭致歉，霸修也窘於應對。

「何必向我道歉。」

霸修說是這麼說，妮翁卻堅決不肯抬頭。

她只是一昧重複「請恕罪」或「高抬貴手」之類的話。

唯獨捷兒還跟著答腔「就是嘛～！」與「如果我不在，誰知道狀況會變成什麼樣！」之類的話，從霸修的立場卻不曉得該如何是好。

交抱雙臂的霸修原本想等妮翁抬頭，等了一陣子卻覺得似乎沒完沒了，視線就開始到處游移。

於是他跟坐在旁邊的路德兄妹對上了目光。

「呃，霸修先生。」

「嗯？」

「雖然這個人一直在強調有哪些措施，但光是提供好的食物，我覺得還是會發生跟這次一樣的狀況。」

話一出口，妮翁頓時把臉抬起來。

從她臉上可以看出強烈的惱怒與憤恨，激動的情緒彷彿在叫路德別多嘴。

「哎、哎呀？小弟弟，記得你好像是霸修大人的徒弟，不過你難道沒有學過該怎麼說話嗎？」

「是的，我沒有學過。」

霸修也沒教他。

「哦～？那你為什麼覺得會發生一樣的狀況呢？真希望你做個說明耶？」

你敢亂講就死定了。

妮翁眼裡有這樣的訊息。

換成在戰場上認得她的人，應該會瞬間噤聲才對。

不過，路德沒能察覺那些心思。

他回想似的把手湊在下巴，還嘀嘀咕咕地說了起來。

「食人魔國也發生過類似的事。戰爭結束後，大家認為族人間相爭不是個辦法，原本在戰爭中很有地位的那些傢伙便捨棄了劍，開始過起悠閒自在的生活……吃飽就睡，縱情於女色與美酒……畢竟食人魔並沒有像惡魔或者魅魔受到冷遇，更不愁沒東西吃，就算那樣也能過日子。」

「呼嗯～？聽起來滿讓人羨慕的嘛？我也想過那樣的生活呢。」

「後來，差不多過了兩年吧？大家在慶典上喝酒時，有個人突然倒下，就那麼死了。當時我人在旁邊，所以知道是什麼狀況。那具屍體的死狀很詭異……發脹的程度簡直像溺屍一樣，在族內還成了話題，認為那也許是中了誰的詛咒。然後仔細一看，將軍當中也有幾位的外觀變得跟那類似，找他們一問，都表示有容易疲倦、愛睏、膝蓋發疼的狀況，大家就認為果然是中了詛咒吧。」

「……有找出是誰下咒的嗎？」

不知不覺，妮翁已經坐到沙發上，還將手肘擱在扶手，擺出了略顯慵懶而性感的姿勢，並且兩眼發直地瞪著路德。

她的殺氣變得比剛才更濃，就算路德再遲鈍似乎也察覺到了，視線便跟著從妮翁的面前挪開。

或者說，也許是擱在桌面的龐然大物吸住了他的目光。

「沒、沒有……結果，族長認為原因應該只是鍛鍊不足，就高聲疾呼『散漫成這樣可不行！』……之後大家都常練身體……」

「哼。」

妮翁冷笑一聲，周圍就冒出了些許甜美的氣息。

霸修與路德同時夾起了雙腿磨蹭。

「怎麼可能練練身體就會讓病好起來？真受不了，食人魔連腦子裡都裝滿肌肉。」

「可、可是，在我們出國之前，都沒有人再死於相同症狀了啊。」

6.餐廳

「既然如此，表示死掉的那傢伙單純只是生了病吧？」

妮翁邊嘆氣邊翹著腳，還把手肘擱到腿上，用手撐著下巴。

翹腳時從縫隙間露出的深淵，吸引了霸修與路德的視線。

這時候，妮翁的視線移回了原位。

也就是霸修這邊。

妮翁頓住了幾秒鐘，然後又俐落有聲地擺回端正的姿勢。

「是我失禮了。被毛頭小輩插嘴，忍不住就……」

「無妨。我也很清楚，妳並不是毛頭小輩可以輕視的戰士。」

「咦？啊，是嗎……呃，能讓您這麼認為，是我的榮幸。」

「不過從妳的態度來看，設施裡出現那種死狀，並不是打從現在才開始的吧？」

「…………是的。」

妮翁這麼回答，然後就認命似的開始說明。

頭一年，魅魔還不懂該怎麼對待「儲糧」，曾經因為過度吸精或營養不足，不慎讓他們喪命。

後來她們花了兩年，致力於穩定供給「飼料」與營造舒適的環境。

努力換來了回報，「儲糧」們長得又圓又胖，變得毫無怨言，一天能供餐的人數也隨之增加了。

但是，據說到了今年，她們才發現有部分「儲糧」的氣色變差。

魅魔們認為是連日「用餐」剝奪了「儲糧」的體力，就費盡巧思讓「儲糧」在她們「用餐」之際可以不必活動就完事，卻還是沒用。

「儲糧」們的氣色愈來愈差，而且開始零星出現像這次的暴斃案例。

局面有如身處疫情最前線，然而魅魔們又沒有遭受感染，就算要放緩「用餐」步調，一天的供餐人數也已經縮減到勉強不會讓國民餓死的底線。

據說她們已經無計可施，正為此頭痛不已。

「最起碼，要是能補充『儲糧』的話，我想目前這幾位就可以獲得充分的休息……」

妮翁瞄了霸修一眼，言外之意是「加派男人就能打破現狀」。

但是，那份心思當然沒有傳達給霸修。

「假如無法期待增援，就只好靠現有的戰力設法維持下去。」

「……也對。」

「半獸人不會生病。我對疾病不熟。但既然食人魔之前用那種方式治好了，試一試不也挺好的嗎？」

「是那樣嗎……？不過，倘若是詛咒不就沒有效果了？」

6.餐廳

「唔……」

這時候，原本氣勢洶洶地站在桌上，還只顧幫腔的捷兒回頭看著霸修。

「不，我灑的鱗粉對詛咒之類的不管用喔。有療效時就可以確定是受傷或生病了。」

這又該如何解釋呢？

當在場所有人都歪頭思索時，房門被敲響了。

進來的人是剛才跟警備員一起去巡視設施的葳娜絲。

「妮翁所長，對目前身體狀況欠佳的男生……咳，對目前身體狀況欠佳者灑過妖精鱗粉，或者讓他們服用以後，所有人都看得出有大幅改善了。」

「告訴我詳情。」

「是，首先氣色就變好了，全身倦怠感以及膝蓋、腰部各處的疼痛都有所緩解，視野也變得清晰。眾人都異口同聲地表示『就像回到了過去一樣』。當中還有人因為恢復了活力，就提出了希望立刻協助『用餐』的意見。」

「是嗎，結果呢？」

「由我自己跟其他職員試吃過後，發現他簡直就像剛到設施時一樣有活力。」

這才發現葳娜絲的臉相當滋潤。

可見應該沾了不少光。

「……原來如此，不過只是靠妖精的鱗粉把病治好的話，就有可能復發呢。」

妮翁面有難色，但不久便下定決心似的點了頭。

「雖然我不認為有效，既然不知道病因，食人魔提的主意會不會值得一試呢……」

儘管明白這是迫不得已，如今又沒有其他方案，便只好一試。

妮翁如此心想，然後把臉轉向了霸修這邊。

「霸修大人，若能請您在此多逗留一陣，並且見證我們改進的結果，便屬甚幸。」

「不，我還是決定從這個國家離……」

從霸修的立場來說，其實希望立刻就動身出發。

畢竟已經得知看不到自己想要的東西，他便沒理由留在這裡。

「怎麼這樣！我一定會交出成果的！求求您賞臉！再給我們一點機會！」

「……好，我明白了。」

然而，被豪乳深溝貼到面前相求，霸修便無法脫身了。

7. 魅魔訓練營

「巧手妙指的羅溫」。

他曾是智人族的士兵。

出身農村的羅溫如其外號，是個手指異樣靈巧的男人。

戰爭時，羅溫隸屬於工兵部隊，從爆破逃脫路線和解除敵方所設的陷阱，乃至於紮營或者造橋鋪路，他在幕後參與了各種作戰。雖然參加過戰鬥，卻因為長項多屬幕後工作而不曾拿下敵將首級。

為此，本應照戰功多寡領到的獎金也就寥寥無幾。

羅溫故鄉的村莊早成了一片廢墟。手指巧雖巧，為人卻沒有多懂禮節，動不動就會跟上司衝突，求職也就處處碰壁。

從軍過的智人在戰後落得這種處境並不算稀奇。

有的人設法找工作餬口，有的人則到他國另謀生路，但除此之外的人便踏上了歧途。

應該說，沒飯吃的他們不得不踏上犯罪這條路。

7.魅魔訓練營

羅溫成了竊賊。

找富裕人家闖空門，再竊走值錢物品變賣的賊。

唉，在戰後大量出現的犯罪者當中，應該屬於賺頭還不錯的那一類。

運氣不好的是，某天他闖進了大人物用來包養情婦的家。

而且，當時大人物正在跟情婦偷歡。

護衛大人物的是位有名氣的騎士，羅溫一下子就被捉住了。

行竊被逮，原本頂多關進牢裡幾個月就好。

在那段期間，至少不用擔心吃與住。

牢房對羅溫這種人來說，是最後的避難所。

可是，羅溫撞見了不該看的場面，結果便大不相同。

經過形同套招的審判後，他被定了死罪。

應該算幸運的是，目前的死刑法會將犯人「移送給魅魔處置」這一點。

犯人被送到魅魔國後，將在那裡成為「儲糧」。

當時的羅溫陷入了絕望。

因為他聽過男人在戰場被魅魔捉到的下場。協助重建從魅魔手中搶回來的城寨時，他也看過那裡的屍體。胡亂堆在地下牢的那些物體，起初甚至認不出是屍首。

看起來像豬肉或某種乾貨。

當羅溫發現那是人類像木乃伊一樣被榨成乾的模樣時，搭配魅魔外表形成的落差，她們就成了讓羅溫聞風喪膽的存在。

自己會死得像那些乾貨一樣。

想到這裡，羅溫眼前便一片昏黑。

實際上，他被送到魅魔國當了幾個月的「儲糧」，就覺得自己必死無疑。

每天都有好幾個魅魔將羅溫按住，一邊亮著炯炯的紅眼，一邊朝他細語呢喃，並且輪番榨取他的精力。

確實愉悅得足以令人發狂。

然而，那裡無疑是地獄。

羅溫認為自己在近期內一定會死，實際上跟他在同時期被移送來的「儲糧」，還不到半年就死了好幾人。

不過，從某個時期開始卻變成了天堂。

房間換成了寬敞得讓人以為是王公貴族居住的寬敞空間，光禿禿的石磚地變成讓人以為腳底要陷下去的絨毯，原本只蓋了粗糙麻布的地鋪變成鬆軟的床，房間裡甚至備有貌似昂貴的桌椅，桌上擺了吃也吃不完的餐點。

7.魅魔訓練營

餐點豐盛豪華，而且任人吃到飽。

雖然在調味方面口味稍重，但是跟沒法好好飽餐的以往比起來根本無從抱怨。

供魅魔「用餐」的時候，也變成一次只來一個魅魔，更不會被她們施展「魅惑」。他可以保有神智，並且反過來推倒魅魔為所欲為。推倒那些令男人垂涎的魅魔。至於魅魔那邊，對待羅溫的方式倒是挺一板一眼，不過那樣的狀況也曾讓他非常興奮。

如此過了三年。吃飽就睡，每隔一段時間還有魅魔來索求肉體。

起初覺得美好的生活，持續久了也是會膩。另外，身體已經嚴重發胖，健康狀況也明顯開始走下坡。

被魅魔養胖，並且每天按表操課地讓她們榨取精力。

簡直像家畜一樣。不，這就是家畜。

當羅溫抱著變重變遲鈍的身軀，還受到難以言喻的肉體不適感折磨時，才猛然想起這是判給他的「死刑」。

自己已經不能算是人了。

在魅魔「用餐」途中突然感到胸痛時，羅溫以為時候到了。

可是，他活了下來。

清醒之後，他發現自己躺的床鋪比原本分配到的床粗糙許多，還看得到幾個魅魔與妖精在飛。

看來是妖精用鱗粉救了自己一命。

妖精與魅魔所做的說明，讓羅溫聽完不得要領，但現在「半獸人英雄」似乎來到了這個國家，可以曉得自己是靠他的指示才得救的。

「半獸人英雄」霸修。羅溫只見過一次其身影。

那是在雷米厄姆高地的決戰，要忘也忘不了，

羅溫待在智人的陣地。

在那裡，他看見了一名半獸人與巨龍搏鬥的身影。

現場所有人目睹那超越人智的戰鬥，都驚愕得闔不了嘴。

等半獸人打倒巨龍時，羅溫胸口裡感受到一股說不出的興奮。

羅溫認為，自己見識到了非凡的奇景。

儘管獲勝的是敵人，他卻如此心想。

那樣的半獸人來到了魅魔國，還廣受魅魔敬畏。

男人當前，那些魅魔既沒有撲上去，也沒有誘惑他，而是感到敬畏。

而且，他甚至用上了寶貴的妖精鱗粉來救魅魔的「儲糧」。

羅溫心想，又笨又臭的半獸人一旦有能力成為「英雄」，還真是與眾不同。

7.魅魔訓練營

事發後的隔天。

睽違三年，羅溫這些「儲糧」們被帶到室外了。

久違地曬到陽光，羅溫久違地看了看其他「儲糧」。

跟自己一樣被養得肥嘟嘟，臉色也顯得不健康的他們，都目眩似的望著太陽。

自己一個人被帶到室外也就罷了，怎麼會這麼大陣仗？羅溫感到疑惑，但似乎沒有人曉得其中理由。

不過，在羅溫他們被帶去的地方，又是一幅地獄般的景象。

「呼啊……呼啊……咕哇……咳咳、咳咳……！」

有個食人魔少年一直被半獸人踹飛，還到處逃竄。

雖然不知道少年闖過什麼禍，但他肯定是把半獸人惹毛了。

少年臉上掛著對於死亡的恐懼。

「欸，你們看，那是『半獸人英雄』。」

由於有人開口提起，到處追趕少年的半獸人身分就此揭曉。

確實沒錯。倒不如說，在這種地方豈會有其他半獸人。

如此心想的瞬間，以往戰鬥的記憶在羅溫腦裡復甦，讓他產生背後好似被人塞了隻蜈蚣的恐懼。

有非凡的怪物在這裡。

而且不知道為什麼，他正狂怒地將少年踹飛。

「難道說，我們幾個……」

那是每個人都有隱約想到的事。

最近，自己的體力比以往衰退了。

「用餐」都配合不了幾次，或許是心理作用吧，感覺懷有不滿的魅魔也變多了。

雖然昨天靠妖精鱗粉暫時恢復了活力，但是那應該屬於一時的作用吧。

在農家，擠不出奶的牛會如何處置？

答案很明顯。

不過，魅魔是不吃肉的。傳聞中，半獸人倒是會吃人肉。

所有人這下就懂了。

啊，難怪，所以才要把我們養胖嗎？

「各位，接下來要請你們沿廣場繞幾圈，因此請跟著我。」

帶「儲糧」來到廣場的魅魔如此宣布。

嗓音聽起來相當過意不去。

大家因而有了把握。這肯定是場測驗。假如在這裡跟不上的話，就會被當成衰老的家畜處分。而且會被製作成肉乾或什麼來著，被半獸人吃掉。

不要那樣。

自己可不想死。

「大家不用逞強喔。來，我們出發吧～」

羅溫全力跑著。

身體沉甸甸的，膝蓋摩擦得厲害，肺臟瞬間發出了哀號。

就算那樣，或許要歸功於昨天服用的妖精鱗粉，他勉強能跑。

而且，大概是受羅溫的感召，或者導出跟他相同的結論，有人效法羅溫拚命跑了起來。

一個人跑會刺激兩個人，兩個人跑就會刺激四個人。

有人察覺到「不照做就慘了」，結果使全體成員都傾全力跑了起來。

對於食人魔少年為什麼會被追趕這一點，並沒有人加以深思。

不過，食人魔少年拚命的模樣，足以讓三年來都過得怠惰的人們感受到危機及恐懼。

沒有人不跑。

每個人都拚命地動起雙腿。

倒下的話，他們就會高喊：「我還可以！我還跑得動！」並鞭策沉重的身軀站起來，站不起來的人即使用爬的也還是不停活動。

自己這些人過著吃飽就睡，還有女人可以上的日子。

宛如貴族般的生活是幸福的。他們由衷地感激自己生為男兒身。若生為女人，大概已經變成半獸人的繁殖奴隸了。

然而，家畜就是家畜。

派不上用場便會被處分。

沒有人想死。既然都從那場戰爭生還了，大家都想活得更久。

盡可能越久越好……

男人們一邊受到那樣的本能驅使，一邊跑個不停。

■

「『儲糧』們都相當開心！今天本來只是打算嘗試讓他們稍微跑一段路，但是大家都表示還想跑得更多！訓練結束以後，感覺他們的氣色也變得比平時更好了。每個人臉上都莫名地有成就感而又心滿意足。」

「呼嗯，原本我還在想，防止病情復發會有多大的效果……既然他們覺得開心，定期持續下去也不錯啦～」

7.魅魔訓練營

「不過，撥給訓練的時間有多少，『用餐』的次數就會跟著減少多少，這樣似乎也會引發不滿就是了。」

「照原本那樣，他們能配合的次數還會更少，只好叫大家忍耐嘍……」

迦梨凱勒聽了部下妮翁的報告，便如此放話表示。

畢竟，那可是數量有限的寶貴儲糧。

讓他們受傷固然困擾，但既然能鼓舞他們的心情，那自然再好不過。

「在同一個場所，還有霸修大人在對徒弟進行訓練，也有人是看了那一幕才提振起精神的呢。儘管體力上已經到達極限，他們都強調自己還能跑。」

「畢竟霸修大人是戰爭中的英雄啊。即使身為四種族同盟的士兵，想在訓練中展現好的一面給他看也是人之常情吧……然後呢，霸修大人是怎麼訓練徒弟的？」

「女王大人也覺得好奇？」

「這是當然的吧？本王甚至想嘗試親身受訓呢。」

迦梨凱勒妖豔地嘻嘻一笑，妮翁則聳了聳肩。

「就我看來，與其說是技術上的訓練，那比較像在培養徒弟的體力與骨氣。具體而言，霸修大人就是一直踹徒弟逼他跑，直到累倒為止。」

「滿具實戰性的嘛？」

「是啊。畢竟在戰場跑不動的人會先死……」

「我想起里納沙漠了呢。說真的，當時就是那樣的戰場。無關魔法與武術，能靠的只有體力，心智堅強的人才會存活……」

「雖然我沒有參加里納沙漠撤退戰，志願當『儲糧』教官的那一位倒是里納沙漠的生還者，想起當時被他踹飛，還被命令趕快跑的往事，似乎讓她連口水都滴下來了。」

「居然把霸修大人當食物看待，壞孩子。但是就不用罰她了。假如我在場，肯定也會變成那副模樣。」

「是女王大人心地寬厚。」

妮翁說歸說，卻沒有提議懲罰當事者，是因為她也知道霸修的男人味有多誘人。

儘管只在會客室見過一面，妮翁卻覺得霸修全身的肌肉看起來簡直隆隆有聲。彷彿在叫她撲進那厚實的胸膛，還有雙腿張開的坐姿，感覺根本是在勾引她。

假如妮翁當時沒有低著頭，或許就失控了。

「無論如何，照這樣繼續讓霸修大人停留在魅魔國不是辦法。八成會有人把持不住。」

「也對。雖然本王倒希望他能永遠留下來……」

「請女王大人不要自己讓魅魔的尊嚴顏面掃地。」

兩人視線交會，並露出了無法言喻的苦笑。

7.魅魔訓練營

這時候，妮翁驀地看了看窗外。
昏暗的夜空中，一顆星星都看不見。
「啊。」
於是，迦梨凱勒想起一件事。
「儲糧們在進行訓練，霸修大人與徒弟也在訓練，我等魅魔卻只是旁觀，會不會被霸修大人當成怠惰呢？」
「這……的確……要不要展開軍事演習？」
「那麼做的話，他國難保不會認為魅魔在為戰爭做準備喔。姑且跟他們一樣，稍微跑一跑就好。」
「總不能讓女王大人獨自練跑。請容我陪同。還有，另外再募集幾名自願者吧。」
「呵呵，麻煩妳嘍。」
如此這般，迦梨凱勒敲定要慢跑了。

「來人。」
妮翁回到自己的辦公室以後，就叫來了部下。
「明天，女王大人會配合霸修的訓練一起慢跑。當然，我們也該跟著跑。妳去募集其他自願者。」

「是。」

經過如此簡短的互動，部下便點頭從房間離去了。

見狀，妮翁暫且安心地坐回了椅子上。

這正是不幸的開始。

■

隔天，霸修目睹了美妙的景象。

有女人。

眼前的廣場，有一大群女人在跑步。

儘管她們身為魅魔，總之都是女的。

帶頭跑在前面的是魅魔中的魅魔，魅魔女王迦梨凱勒。

追隨於她的身後，有近百名魅魔在跑步。

只是在跑步的話，霸修應該也不會覺得那有多美妙。

魅魔是將暴露的衣服當成民族服飾穿在身上。

7.魅魔訓練營

那是皮衣，與身體密合服貼，便於運動的服裝。

因此一旦跑步，有些部位就會晃。

晃得厲害的主要有兩個部位，其中一邊是頭髮，至於另一邊就不用說了。

那是霸修巴不得親手掌握的部位。

那樣的玩意正波濤洶湧地猛晃，並且陸續從眼前通過。

沒錯，還不只一對。有各種大小和形狀以五花八門的方式搖晃，從眼前逐漸通過。

多麼美妙的景象。霸修感動得不禁連踹路德的腳都停住了。

然而，魅魔慢跑團逐漸來到後方，霸修的表情便隨之收斂。

跑在最後面的是一群年輕魅魔。

她們拖著乾瘦的身軀往前進，臉色蒼白，嘴巴開開合合像被撈上岸的魚，還一邊用殺氣騰騰的眼神瞪著前方，一邊設法追上女王的腳步。

那樣的她們，只有在通過霸修面前時，才把視線轉到霸修與路德這邊。

綻放凶光的眼睛死死盯著霸修胯下，嘴角因笑容而扭曲，舌頭舔遍乾裂的雙唇。

從中感受到的肉慾，一瞬間讓霸修也不由得自覺身體有危險。

她們通過之後，僅有臉依舊朝著霸修這邊，將脖子扭到極限就為了在跑步的時候能把霸修納入視野，過頭以後才依依不捨地轉回前面。

如此異色的女王慢跑團，在簡單跑了廣場約五十圈以後解散告終。

女王與她的心腹們一手拿著毛巾，一面說道「流個汗真暢快」，一面朝著王宮的方向走了回去。

其他魅魔也三三兩兩地回到自己的崗位。

只有跑最後的那群魅魔被留在廣場。

好似隨時都會沒命的身體躺倒在地上，喘息的聲音氣若游絲。

她們全都帶著凶悍的眼神。眼裡看的方向各有不同。有的看著天空，有的看著地面，有的看著女王離去的方向，有的看著建築物……但是，所有魅魔都帶著相同的眼神。

不久，她們緩緩站起身，並且像事先講好一樣地看向霸修，打算慢慢地朝他接近。

然而葳娜絲立刻擋到了她們面前。

葳娜絲瞪了她們一眼，年輕魅魔們便低聲咂舌，隨即背對霸修從廣場離去。

目睹對方離去後，葳娜絲朝霸修回頭。

「請問您覺得如何？」

即使被她那麼問，以霸修的立場會認為「搞什麼名堂？」不過享了眼福仍是事實。

「嗯。不錯。」

那句話，讓葳娜絲暗忖女王的想法無誤，便笑著點起頭。

7.魅魔訓練營

■

迦梨凱勒久違地流了暢快的汗，又成功在霸修面前有所表現，就回到了王宮。

一項作戰成功，感覺心情也跟著舒緩。

這時要是能看到好景色，就會豁然開朗，窗外卻依舊陰霾。結界之外應該下著豪雨吧。

妮翁站到了佇立於窗邊的女王身旁。

映在她眼裡的景象，跟女王一樣是陰天。

「女王大人。」

「什麼事？」

「我的部下，也對這場下不停的雨感到不安。」

「也對……我能理解……」

「這當中，有連我都不能聽的隱憂嗎？」

妮翁與迦梨凱勒幾乎同梯。

從迦梨凱勒還沒被稱為女王的時候，她們就是共赴戰場的戰友。

即使說她是迦梨凱勒最信任的魅魔之一，應該也不為過。

「不，我真的不明白原因。只是……」

「只是？」

「雖然不確定有沒有關聯，我無法跟聖域的守護隊取得聯繫。」

「……有派人偵察嗎？」

「當然了，為保險起見，我派過一支小隊……卻沒有回來。我猜，大概全滅了。」

「小隊竟然會全滅！難道，是凱珞特下的手？」

「不。即使那孩子起了反意，也不可能對聖域出手。聖域對魅魔來說是一塊要地，她應該比誰都懂。」

「那麼，會是誰？」

「出手者的身分不明，但是目前這個國家無疑正遭受攻擊。」

迦梨凱勒的話裡，含有令人心底發涼的寒意與殺意。

妮翁對那樣的嗓音感到懷念，同時仍平靜地應對。她聽慣了。

「陛下，如果您擔心，還是由我去一趟吧？既然敵人的能耐足以擊潰聖域守備隊，不就需要相當程度的好手嗎？」

「『餐廳』那邊不要緊嗎？」

7.魅魔訓練營

「那裡的話，我還可以交給部下啊。」

「妮翁……也對，既然妳這麼說，能不能將『討伐隊』交由妳領軍呢？」

「遵命。」

被結界守護的王宮裡悄然無聲。

這是個沉靜的夜晚。

8. 雨中的女戰士

那地方位於森林深處。
從魅魔的首都前往約需半天。
巧妙且重重鋪設的結界，會讓人在森林中迷失方向，大多數的人絕對無法抵達那塊地方。
只是那不至於讓人迷路。人們必然會被引導至首都的方向。
因此，戰爭結束後，魅魔仍未讓其他種族得知有那塊地方的存在。
就算知道了，其他種族大概也做不了什麼吧。
魅魔們稱那塊地方為「聖域」。
她們並沒有像獸人族一樣在周圍建築城鎮，並且加以推崇。
只是以重重鋪設的結界掩蓋並保護著。
其他種族的人當然不會曉得那裡有魅魔的聖域，應該連設了結界都不知情。
或許連年輕的魅魔都有人不知道聖域的存在。

8.雨中的女戰士

可是，那裡確實有魅魔長年保護，並且信仰至今的某種東西。

在那樣的地方有一名女子。

「妳……」

聖域，至今仍靜靜地存在於那裡。

但是地面上卻染了血，而結界除了最後一道之外，已經全數失去光芒。

而且，有好幾名魅魔成了屍體倒在那裡。

「妳是什麼人……？」

倒下的魅魔全是知名戰士。

在和平之世與其追求自由，寧可選擇報效國家的一群人。

那樣的魅魔們悽慘地倒成了一片。

最後留下的魅魔，則待在聖域前設下的最後一道結界——具物理性攔阻效果的結界當中，瞪著做出這一切的人。

那是個女的。

種族恐怕屬於智人，卻有副詭異的外貌。臉孔被遮住了八成，唯獨眼睛暴露在外。站姿從容不迫，但毫無可趁之機。

面對魅魔們的問題，她用輕鬆的口氣回答：

「我可沒有義務回答妳，不過妳們的奉獻值得讓人付出敬意，所以就告訴妳吧……話雖如此，我已經失去了名字。過去用的名字又不想向人多說，這部分麻煩讓我保留。單談目的的話，我只是想從妳們的聖域獲得力量，然後用於類似復仇的勾當。」

「力量……？」

「莫非妳不曉得？哎，話說我也是最近才知道的，在這座大陸的各處，有著能聚集力量的場所，只要收集那些力量似乎就能引發奇蹟。奇蹟這詞說來含糊，反正呢，好像什麼事都能辦到。比方說——」

女子的從容語氣稍微放低了音調。

「讓死者復生。」

那句話，讓魅魔戰士中的最強者身軀一抖。

「妳是打算讓格帝古茲復活？」

「真靈光。正是如此。」

「妳是智人吧？為什麼要做那種事？當今應該是智人的天下啊？無論精靈或矮人，在智人面前都抬不起頭。然而這是為什麼？」

8.雨中的女戰士

「剛才說過這是復仇吧？我雖是智人，這就代表我並不屬於智人的陣營。」

「像妳這等的劍士會需要如此……？在戰場想必立過莫大的戰功吧？」

「是啊，說來實在可笑。智人是愚蠢的。」

女戰士無奈地聳聳肩，並且搖頭。

「那麼，讓我們結束廢話吧。魅魔族的戰士。」

「……」

「照常理想，我現在該說的是只要解開結界，就可以饒妳們一命，但別看我這樣，對魅魔可是有好感的。我不會玩那些傷害尊嚴的把戲。為了避免傷到妳們的尊嚴，我會以戰士的身分確實殺光所有人。」

「妳不認為那樣的做法本身，就是在傷害尊嚴嗎？」

「不認為。倘若我的願望成真，妳們反倒能取回尊嚴。來，動手吧。」

魅魔對那句話做出回應。

拳頭向前挺起，紅眼灼亮，桃色濃霧滿布四周。

明知道對女人無效，她仍提高戰意釋出濃霧。

「……我是魅魔女王國第二大隊副總指揮。『窒息』的妮翁。」

「實在抱歉，但我沒有可以報上的名字。」

女子舉劍備戰。
彷彿姑且擺出的架勢，觸怒了妮翁的神經。
但是，考量到實力差距，或許那也是沒辦法的事。
妮翁早就知道自己贏不了。女子高強無比。妮翁召集的精銳無法傷對方分毫。
「那麼，永別了。」
妮翁在視野裡，看見了一道光。
完全看不見對方出劍的軌道，只有頸子感受到熱度。
「……唔。迦梨，對不起……妮歐，陛下就……」
死期已定的妮翁腦裡，有著敬愛的女王，以及擔任其心腹的妹妹身影。
視野陷入漆黑後，妮翁結束了她身為魅魔的漫長人生。
「……呼～」
待在成堆屍體中的女子一邊歇息，一邊撥起頭髮。
手裡長劍沾到的血跡，頃刻間就被豪雨洗去。
「那麼。」
女子掏出了一支鑰匙。
雕工華美，還鑲著散發凶光的寶珠，一眼就看得出那應該是蘊含龐大魔力之物。

8.雨中的女戰士

她把那插進了最後的結界。

邪惡的光芒從鑰匙插入的位置綻放而出……

然而，好似在與某種力量拮抗的刺耳聲音響了起來。

「……哎呀，一時之間開不了嗎？」

女子說完便再度聳肩，並且把視線轉向結界之中。

仍有幾名魅魔留在結界裡。

她們是維護最後一道結界的施術者。

「應該說，真不愧是魅魔所設的結界吧？即使是能破除結界的魔鑰，似乎也要花上許多時間。」

「……」

「話雖如此，這支魔鑰是絕對的。畢竟它可是惡魔的國寶。結界被破也只是時間的問題。那就來打個商量吧，能不能趕快解除這道結界？妳們好幾天都沒有從裡面出來。肚子餓得快發狂了吧？與其繼續受苦，還不如趕快出來一戰，我想這對彼此都好。」

固守在結界內的魅魔們明白。

眼前死去的全是幹練的知名戰士。

而她們都悽慘地遭到殺害了。面對那名女子，連根指頭都碰不著，就被壓倒性的劍術砍倒在地。

因此話裡的意思可以理解。

女子正這麼告訴倖存者——

「我會讓妳們死得毫無痛苦，所以快出來讓我殺。」

倖存的魅魔們有其使命，就是保護聖域。

肚子確實會餓，但總不能以此為由而拋開職守。

現在只能忍耐並承受，等待援軍再度到來。

「……難不成妳們要等下一批援軍？傷腦筋，原本我還以為魅魔是更勇敢的，期待落空了呢。」

沒人吃女子那一套顯而易見的挑釁。

「或許妳們是這麼想的，看是結界先解開，還是援軍先來……但我可以斷言。不會有那種希望。當下，妳們只是在白白度過痛苦的時間。」

女子大概是感受到魅魔們內心有不安擴散開來，因而這麼說道。

但魅魔還是不為所動。

她們沒有動搖的道理。

「哎，那我倒無所謂。說過很多次了，這只是時間的問題……」

8.雨中的女戰士

那句話是對魅魔們所說，卻受到雨聲掩蓋，消失在森林當中。

沒有人將聲音聽進去。

「我問妳，妳真的覺得能讓格帝古茲大人復活？」

結界內的魅魔嘀咕了這麼一句。

女子聽見便笑了出來。

「是啊，我覺得可以。」

「讓死者復甦，簡直是無稽之談吧？」

「我也那麼認為。實際上，為了讓已死之人復活，似乎需要超越人智的莫大力量。」

「這樣的話——」

「不過，這片大地擁有足夠的力量。」

女子娓娓道來，用著狀似要說服魅魔們的口氣，說的則是根本無意要她們信服的內容。

「這是某人從某座遺跡的文獻發現的說法，據說在遠古以前，現今人類無從想像的偉大生物相爭過後，才有這個世界誕生於其屍骸之上。」

「而且，有幾具屍骸至今仍蘊藏著力量，居住於該地的人們始終受其恩澤。」

「人們將屍骸蘊藏的力量奉為神明並且信仰至今……妳們的聖域也屬於其中的一種。」

「既然如此，差不多該拿來利用了吧？反正對屍骸的信仰根本毫無用處。」

「只要讓格帝古茲大人復活於世，然後再次發動戰爭，這次七種族聯合就會獲勝。惡魔、魅魔與食人魔都能擺脫目前的困苦生活，進而享受勝利的美酒。正如同現在那些骯髒齷齪的智人一樣。」

有個魅魔無法理解最後那句話，因而起了反應。

「骯髒齷齪的智人……說成這樣，難道妳沒有對於自身種族的驕傲嗎？」

「沒有喔。」

「……」

「那種自私自利的敗類種族，才不可能讓人感到驕傲吧。」

女子如此訴說的嗓音，冷漠得足以讓心底發涼。

「就是這麼回事。我願為剛才挑釁的行為道歉。所以能不能將結界解開？雖然妳們都會沒命，對於全體魅魔來說，這倒不算太壞的事情。」

也有人被女子說的話，被那套要讓格帝古茲復活的說詞稍微打動了。

但是聽過女子最後所說的話，便沒有人打算順從她。

畢竟女子說的話就是如此詭異，令人毛骨悚然——

9. 市場調查

霸修抵達魅魔國以後，已經過了幾天。

雨不知何時才會停。

路德切實地練出了體力，卻沒有變強的跡象。

在可以形容成停滯的日子當中，霸修還久違地做了自我訓練，卻有些閒得發慌。

不過，霸修並不是樂於停滯的類型。

他跟捷兒開了作戰會議，並且展開行動。

「霸修大人……剛才，您說了什麼？」

面對霸修脫口說出的話，跟平時一樣負責護衛霸修等人的葳娜絲不禁如此反問。

「希望妳能告訴我，女人喜歡什麼樣的男人。」

葳娜絲一聽見那句話，就咕嚕地吞了口水，視線於周圍遊移著。

她認為這分明是有誰在考驗自己。

要不然眼前的迷人男子，怎可能會用這麼明顯的方式誘惑她。

「您問這個……是為了？」

因此葳娜絲慎重地這樣答話。

畢竟要是當場回答「我喜歡全裸的您！」隔天自己或許就被架上處刑台了。

「我正在討老婆。」

「提到半獸人的老婆，聽說是每天都不愁『無飯可吃』呢……」

她一面期待莫非會有那種好事，一面冷靜答道。

葳娜絲是一流的軍人。

換成尋常丫頭，肯定已經遭到處刑了。直接跟腦袋說再見。

相反地，假如霸修話裡的意思正合期待，葳娜絲二話不說就會答應。

她應該會立刻脫光衣服，然後撲進霸修的懷抱吧。

「霸修大人，莫非您考慮娶魅魔當老婆？」

話雖如此，葳娜絲碰到這種時候都會記得慎重其事。

她在戰爭中因疏忽與衝動而失去了翅膀與尾巴，那可不是白白賠掉的。

「唔嗯？的確，假如娶了魅魔為妻，回故鄉時就能跟別人誇口呢。但是，妳們應該都討厭半獸人吧？」

「啊……您說得對，的確，是那樣沒錯。雖然我們都對霸修大人尊敬不已，不過，對於

9.市場調查

大多數的其他半獸人就……呃，觀感並沒有很好……」

嫁半獸人為妻，等於變成半獸人的性奴隸。

將會被當成物品對待，淪為讓他們帶去到處炫耀的獎盃。

待遇完全就是低等的存在。

大部分的魅魔都認為霸修以外的半獸人是低等生物。

屈居於那樣的半獸人之下，對自尊心強的魅魔來說是絕不應該的。

不過，換成當今的世道，年輕魅魔大概會興高采烈地甘於接受那樣的地位吧……

話雖如此，那對半獸人而言並非好事。

若是娶魅魔為妻，當丈夫的半獸人應該每晚都要供妻子用餐。

乍看之下或許可以算是互惠關係，可是對種族全體來說就不好了。

半獸人將生不出新的後代。

娶一兩個也就罷了，假如在魅魔國內無飯可吃的人全部都湧進半獸人國，半獸人大概會輕易滅種。

「當然了，假如霸修大人希望把妻子……當成證明魅魔屈服的獎盃，包含我葳娜絲在內，想必自願者絕不在少數……」

葳娜絲將視線轉向霸修胯下。

就連她，也不是每天都有飯吃。

何況嫁霸修為妻，那樣的地位無損於魅魔的尊嚴。

可以的話她會想嫁。

「……不過，您並沒有那個意思吧？」

葳娜絲確認似的如此問道。

這是因為她尊嚴極高。

如果是年輕的魅魔，現在應該已經樂得在天國物色男人了。

「對，雖然我也很想娶個魅魔當老婆，當老婆的果然還是得會生孩子才行。」

「就是說啊！」

霸修是半獸人的英雄。

葳娜絲了解半獸人的價值觀，也就確切地認識到，魅魔不配當半獸人的妻子。

「當然，假如妳不是魅魔，我應該一遇見妳便求婚了，這實在令人沒轍……」

假如霸修能目視聲音，就可以看出葳娜絲胸口正怦然作響吧。

但就算霸修再厲害，也沒有那樣的能力。

「咳，霸修大人。我是有尊嚴的魅魔族軍人。我自認受過嚴格訓練，也撐得了激烈戰鬥，更具備如鋼鐵般的意志。不過，還請您別過度誘惑我。因為魅魔國有教導過我，將值得尊敬的男性視為食物，就是一種玷汙尊嚴的行為。」

「唔？嗯，我明白了。」

霸修摸不著頭緒地點頭的表情實在太可愛，使得葳娜絲在內心大喊「就叫你別那樣了嘛！」然而無聲的大喊並不會傳進任何人耳裡。

「所以說，我為了迎娶能生小孩的女智人或女精靈為妻，因此踏上了旅途，但這一路走得實在不順利。」

「既然霸修大人身為半獸人，只要在戰鬥中先擊敗對方，再帶到安全的地方性交，不就可以帶回去宣稱是自己的女人了嗎？」

「非合意性行為已經以半獸人王之名嚴令禁止了，我總不能抗令。」

「打勝仗的那些傢伙，果然也讓半獸人受到了類似的制約呢……」

葳娜絲一面這麼低語，一面又看向霸修。

半獸人跟魅魔一樣受到了制約。

魅魔因食物受限而被迫挨餓，半獸人則被限制繁殖而不能增產。

儘管如此，霸修卻遵守智人訂的規矩，打算討老婆。

至今為止的旅途，他肯定受了大量歧視與抨擊吧。

就像現在正因外交而出門在外的魅魔將軍凱珞特一樣。

他懷著驚人的決心在旅行。

「照料完這兩兄妹以後，我打算去惡魔國。因為我從智人族王子納札爾那裡收到了介紹信。到目前為止我失敗了好幾次，希望這次就能討到老婆。」

「原來如此！」

聽到這裡，葳娜絲總算也明白情況了。

為了掌握下一次的機會，霸修才會問「女人喜歡什麼樣的男人」。

「既然是這樣的話，我願意幫忙……不過還真棘手呢。畢竟對於其他國家的女性，我也算不上多熟悉。」

「唔……」

「話雖如此，惡魔也受過霸修大人的幫助才對。為了往後的友好，由『半獸人英雄』表示想娶一名惡魔為妻，惡魔應該也不會排斥吧。」

「是嗎！」

「也許對方會開出不少條件，但惡魔目前也過得很苦，我想這是他們希望尋求橫向聯繫的時期。畢竟自尊心強的惡魔是無法主動開口的……基本上，連同魅魔在內，我們兩族都受到那些智人監視而不能自由外交，照理說他們是會感激半獸人讓步。」

霸修內心的期待逐漸增長。

9.市場調查

然而，霸修是身經百戰的戰士。這趟旅程中，他仍一再吃了敗仗。

在這種處境下，自然無法多做樂觀的妄想。

「事情不會那麼順利。」

「……或許吧。畢竟惡魔也跟魅魔一樣，不，以往他們比魅魔更加瞧不起半獸人這個種族。」

葳娜絲一面說著，腦海裡一面浮現以往遇過的女惡魔。

她們一直都看扁所有人。

格帝古茲在世之際，那種傾向尤其嚴重。連被視為高等種族的魅魔以及食人魔都會被惡魔看不起。

那段往事連要回想都叫人生恨。

然而惡魔族如今也凋落了。

大概不至於像魅魔這麼淒慘，不過想到他們應該也過得很苦，葳娜絲心中的不滿也就跟著放下了。

思考到這裡，難得靜靜聽人講話的捷兒拍了拍手。

「對了！女惡魔跟魅魔自尊心強，兩者有類似的地方！乾脆由葳娜絲模仿女惡魔，讓老大做個練習怎麼樣？」

葳娜絲對那句話偏了頭。

「叫我模仿女惡魔，是要怎麼模仿？」

「妳想嘛，比如開口就罵：『低賤的半獸人，別進入我的視線範圍內！』」

葳娜絲可以感受到，自己的臉一下子失去了血色。

「不行。我辦不到。請饒了我吧。霸修大人真的是我的英雄。我會要求自己不把他當食物看待，甚至覺得反過來要我當霸修大人的食物也無所謂！請不要逼我做那種事！何況要是那樣的場面被其他魅魔看見，我就活不成了。等霸修大人從這個國家啟程，我會被拖進暗巷圍毆到死。」

「會嗎？」

「換成我就會那麼做。將霸修大人與其他半獸人擺在同列看扁，這對魅魔來說可是萬萬不應該的……！抑或這件事被女王知道，恐怕會直接以極刑發落。」

葳娜絲說到這裡就抿起嘴唇。

不過，她起了念頭。

自己有這個能力，葳娜絲心想。模仿女惡魔的態度。模仿那些高傲卻又伴有實力的戰士。葳娜絲的心思搖擺於尊嚴與報恩之間，一面還帶著苦瓜臉說：

「不過，如果霸修大人明白那一點，仍希望找我練習的話……我……！」

9.市場調查

血液從緊緊咬住的嘴唇流出。

「不，我沒說到那個份上。」

「是嗎。」

葳娜絲鬆了口氣。

「……不過，這樣的話，您以往是怎麼採取行動的呢？」

「我照著智人或精靈的求愛方式，採取過能讓對方傾心的行動才求婚。」

葳娜絲睜大眼睛，把視線從霸修的胯下移到了他的臉。

沒想到半獸人的英雄，那個看見女人就會不分青紅皂白地搞大對方肚子的種族，族中最強的戰士竟會用這麼迂迴的方式求偶。

但是，她同時也受到感動，更覺得信服。

霸修在行動之際思考了這麼多。

他會在智人族使計之下來到魅魔國視察，乃至於協助改善國內的「儲糧」，當中即使有這樣的背景也不奇怪。

「太了不起了……不過，若要談到這件事情……剛才我也提過，由於我身為魅魔，對其他種族的女性並不熟悉……沒能協助到您，實在是過意不去……」

「魅魔何嘗不是女人？」

「不，霸修大人。將我們一概當成女人就錯了。我等魅魔在外表上確實屬於女性，對男性也抱有非分之想，然而那跟其他種族打算留下後代的出發點不同，而是為了滿足食慾。」

「妳們也會留下後代吧？」

「那也跟其他種族不太一樣就是了……」

葳娜絲點頭以後，就摸了下巴稍作思索。

「我想這應該沒辦法供您參考。我等魅魔在繁育後代時，重視的是強度。母體雙方越強，越能生下強大的後代。」

「唔……」

光靠強度便能讓女人自己送上門的話，霸修此刻應該已經娶到了智人族、精靈族、矮人族跟獸人族的老婆才對。

那就算他早早就破處，還能一臉游刃有餘地娶到魅魔當第五個老婆也不奇怪。

葳娜絲在當下也能吃得飽飽，並且一臉滿足地拿起牙籤剔牙吧。

「不過，霸修大人的態度讓我深感敬佩。確實有道理呢……在這個時代，我等魅魔也得努力讓男性喜歡上自己才行，而不是依賴魅惑……」

「妳們平常的措辭還有舉止，難道不是為了討好男性？」

「有嗎？大家的言行舉止天生就是這樣，所以我自己也不清楚……但在戰爭開始之前，

9.市場調查

聽說魅惑的效力確實不像現在這麼強，或許就要靠措辭與舉止挑起男性的興致了呢……」

「措辭跟舉止嗎……」

回想起來，霸修出國至今，都沒有在意過那些。

有必要的話，他當然會用敬語，但是舉止這玩意就不懂了。

「葳娜絲。妳覺得男人要擺出什麼樣的舉止才能討好妳？」

「那當然是赤身裸體外加雙手扠腰……不，當我什麼都沒說。請您忘了吧。」

「我明白了。那就忘記吧。」

「呃……雖然我自己並不清楚，但如果魅魔平時的舉止或措辭能夠討好男人，我想從中就可以找到提示。畢竟我等面對任何種族都是一樣的態度……霸修大人，請問平時要是遇到像我們這樣的女人，您會怎麼想呢？」

「嗯。毫無抵抗又肯立刻幫我生小孩，我會覺得是好女人。」

「哪怕撇開半獸人的觀點，果然只要身為生物，生殖本能就會受刺激吧。」

「換句話說，女人也一樣？」

「肯定是的。」

接著要前往的是惡魔國。

就算手上有介紹信，霸修也知道事情不會那麼簡單。

但是來到這裡，感覺總算找出一線曙光了。

「不過，要拿出什麼樣的舉止及措辭，女人才會喜歡？特別是對惡魔而言。」

「……這、這個嘛，這我就不曉得了。換成魅魔的話，就會覺得男人擺出反抗或自信滿滿的態度比較好……」

「跟半獸人對女人追求的特質類似呢。」

「畢竟魅魔與半獸人都屬於會蹂躪他族的種族，或許在喜好方面是有類似之處。」

「惡魔也喜歡蹂躪。既然如此，我是不是表現得順從又缺乏自信比較好？」

「不，惡魔不會把順從的對象視為對等。您要拿出讓她們認為值得對等相待的行動才可以。」

「惡魔是用什麼方式來判斷對等與否？」

「這……」

結果，一開始的問題卻沒能得出解答。

感覺看出一線曙光，似乎完全是心理作用。

「……無法幫到您，萬分抱歉。」

「不，沒問題。」

每個種族各有差異，這是從一開始就知道的事。

9.市場調查

至今為止，霸修也都打算靠隨機應變來面對那些狀況。

「結果還是只能靠一直以來的做法啊。」

霸修點頭以後，就重新拿定了心裡對惡魔族公主們的想法。

並無失落感。

戰爭時也是這樣的。

能推翻艱苦戰況的計策或祕密兵器，沒有那麼容易問世。

結果還是只能貫徹自己的做法，讓實力逐漸茁壯。

在霸修如此消磨度日的某天，大事發生了。

10. 暴動

那椿大事，發生於「儲糧」開始運動的幾天後。

「總覺得鬧哄哄的呢。」

當時，在「餐廳」的庭院訓練路德的霸修，正好決定要休息片刻。

牆外變得有些吵鬧。

庭院裡也飄起一陣甜香，在霸修旁邊進行訓練的「儲糧」也跟著鼓譟起來。

「……老大，牆外聚集了人數滿可觀的魅魔耶。」

「難道有慶典？」

「呃～感覺不是那樣喔。她們好像殺氣騰騰的。」

「……既然如此，不就是在辦慶典嗎？」

霸修略顯浮躁地這麼問。

他是身經百戰的戰士。牆外有大群魅魔殺氣騰騰，這可以感受得到。

然而，辦慶典都會打打鬧鬧。

10.暴動

就算有殺氣，未必就不是在辦慶典。

一邊欣賞外貌姣好的魅魔扭打吵鬧一邊喝著酒，肯定是種享受。

「狀況有些不對勁……霸修大人，請不要從我身邊走遠。」

如此說道的葳娜絲從口袋裡掏出了金屬製手指虎，並且套在手上。

魅魔以徒手搏鬥為宗旨，不過偶爾也有人會用這種武器。

隨後，有許多魅魔從餐廳裡衝出，其中之一還趕到了待在霸修身旁的葳娜絲這邊。

「葳娜絲中尉！」

「吵成這樣是怎麼回事！」

「發生暴動了！糧食配給量減少，使眾人心懷不滿……！」

葳娜絲聽見那句話，頓時變了臉色。

「讓『儲糧』去避難了嗎？」

「都開始動作了。不過由於已經有暴徒入侵『餐廳』內部，對於訓練中的『儲糧』則是指示讓他們在這邊待命。」

這才發現其他魅魔正動員人力，將原本在訓練的「儲糧」圍了起來。

看來她們打定主意要在這裡展開防衛。

霸修認為是妥當的判斷。

既然不清楚敵方底細，在取得情報前先停留於現場盡力守備，合乎作戰的道理。

有該保護的對象在就更不用說了。

畢竟所謂的部隊，在移動時是毫無防備的。

相對地，「儲糧」們大概是剛運動完，表現得不太安分，反而還有人受了牆外飄來的甜香吸引，摸起了帶他們避難的魅魔屁股。

「請霸修大人也到那邊。就算對手是魅魔，我想那種程度的年輕丫頭也沒辦法拿您怎麼樣……但您的人身安全要是出了狀況，我可是會人頭落地的。」

儘管葳娜絲這麼說，霸修倒不認為自己能贏過魅魔。

只不過，這並非羞恥的事情。

敵我的強弱關係本來就是如此。

魅魔這種生物，專精於將男人榨乾致死。

要是她們動真格撲上來，不只是霸修，任何國家的英雄都贏不過魅魔。

「老大，等一下，路德還沒回來耶！」

「霸修大人的徒弟嗎！去哪裡了？」

「他去方便！」

沒錯，路德剛才做完訓練，就去「餐廳」方便了。

10.暴動

原本可以就地解決，但這裡是魅魔國，男性在公共場所露出陰部等於找死。

因此，路德應該是去了餐廳裡設置的廁所。

由於一樓有不少來用餐的魅魔，他大概在二樓或三樓。

「老大，我去找他！」

「啊，捷兒大人請等等！我現在就派隨扈……！」

捷兒沒把葳娜絲的制止聽進去就急著飛走了。

霸修並未攔阻。

當這種突發狀況發生時，需要的不是無頭蒼蠅，而是情報。

於是，專精於情蒐的妖精飛去偵察了。

捷兒能找到路德就不要緊。

捷兒找不到的話，表示霸修再怎麼急著找人，也已經遲了。

「……」

霸修原地坐下，並且一邊仰望「餐廳」，一邊等待那個瞬間。

在那期間，圍牆遭到攻破，暴徒們衝進了牆內。

然而包含葳娜絲在內，這邊有警備員負責因應。

暴徒似乎大多屬於幾乎沒參加過戰爭的年輕魅魔。

反觀警備員全是幹練的戰士，她們陸陸續續地將暴徒鎮壓住了。

暴徒人數壓倒性地多，即使如此仍看不出警備兵會輸的跡象。

霸修把目光從她們那邊轉開，再次朝「餐廳」仰望。

間隔一會兒，樓頂發出了強光。

那是陣熟悉的光。

妖精在緊急求救時會發出的光。

霸修一看見就衝了出去。

他一邊將戰鬥中的魅魔們撞開，一邊朝建築物猛衝，並且縱身躍起。

腳踏著二樓窗框，再進一步向上爬。打穿牆面的拳頭硬是製造出立足點，藉此又不斷向上爬。

於是霸修在轉眼間就抵達了樓頂。

「老大！」

妖精立刻飛到他的臉旁邊。

還沒跟捷兒講到話，樓頂的情景就先進了霸修的眼簾。

目睹的畫面簡直令人羨慕。

有一群年輕魅魔。

10.暴動

胸部小，身體小，手腳也細。
體格可稱為少女的一群人，簇擁著一名少年。
少年眼神空洞地跪著。中了魅惑的人就會有那種表情，而且他的上半身已經變得赤裸。
然後，圍著他的魅魔們也一樣……
「……大叔，你是誰啊？」
朝霸修轉過來的眼睛，帶著捕食者的眼神。
樓頂已經瀰漫著濃密的桃色霧氣，魅魔們的炯亮眼睛發出了紅光。
霸修馬上閉住眼睛，屏住了呼吸。
隨後，他直接朝路德衝了過去。
「呀啊！」
「什麼事什麼事？」
「有大叔衝過來了！」
霸修一邊聽聲辨位，一邊抓住路德的身軀，並且把人抱進自己懷裡。
接著他打算直接從現場逃脫，腳步就此忽然發軟，跪到了地上。
「唔……」
獸慾在腦中抬頭，霸修冒出了應該睜眼把周圍魅魔的肌膚看個清楚的想法。

爬上樓頂時，他似乎就吸進少量的桃色濃霧了。

理所當然。畢竟不只樓頂，這整棟「餐廳」裡，到處都有魅魔一邊釋出桃色濃霧，一邊展開戰鬥。

「奇怪奇怪？」

「大叔怎麼了啊？」

「是累了嗎？」

「休息一下嘛，來吧？我們不會弄痛你的。」

「來嘛，別閉著眼睛。看看我們這邊，好不好？」

魅魔們正在用甜言軟語逗弄耳朵。

霸修彎身將路德藏好，然後憋氣短呼一聲：

「捷兒！」

「收到！」

妖精對霸修說的話做出回應。

從霸修的視野看不見捷兒的行動。

但是，聽聲音就知道雙方開戰了。

捷兒亦屬幹練的戰士，但妖精是以魔法攻擊為主，魅魔的魔法抗性卻很高。從魅魔剛才

10.暴動

被撞飛的反應，霸修認定她們並不習慣戰鬥，然而情勢仍是五對一，捷兒若要一邊保護霸修他們一邊跟對方戰鬥，就會略居下風。

「呀啊！」

「這妖精搞什麼嘛，讓開！」

「招搖的可是他們耶！摸一下又不會怎樣！」

「反正女王跟心腹一定都享用過了！分我們吸一點也可以吧！」

方才的甜言軟語不知道去了哪裡，魅魔們一邊發出急迫的怒吼，一邊到處跑動。

「這什麼道理啊！」

換成平時，捷兒應該可以自在地飛舞並施展魔法，將幼稚的魅魔玩弄於股掌間。

但是背後有霸修他們，就不能如願了。

妖精並不適合一邊保護著什麼，還一邊跟敵人戰鬥。

「啊！」

「捉到了！」

「殺了他！拔掉他的頭！」

聽見那些話，霸修頓時睜開了眼睛。

對戰友見死不救的男人，不會被稱作半獸人英雄。

霸修像是要跳起似的起身後，揮拳朝抓著捷兒的魅魔招呼過去。

拳勁多少有些留手，不知道那是怕殃及被對方抓住的捷兒，還是受到桃色濃霧的影響。

原本應該當場上半身爆開的魅魔被打飛出去，倒在樓頂邊緣頻頻抽搐。

捷兒從對方手裡掙脫，再次回到空中。

但是，到此為止了。

「你起身了！來！看我的眼睛！來，看吧！看我這邊！」

當霸修正因為吸進桃色濃霧而行動遲緩時，有個魅魔鑽到了霸修跟前。

發出紅光的眼睛與霸修視線交會。

「……唔！」

「呵呵，大叔，我最喜歡你了。聽我說喔，我想從你身上要一項越多越好的東西，可以吧？」

魅魔開始以甜言蜜語支配霸修。

男人無法抗拒這種聲音。不管任何種族都一樣……

「不行！」

下個瞬間，有一道身影堵住了霸修與魅魔的視線。

是路佳。

10.暴動

彷彿要施展頭槌般，她把自己的腦袋擠進霸修與魅魔之間，堵住了他們的視野。

沒錯，只要碰上女人，魅魔的特異能力就發揮不了作用。

「『荊棘之縛』！」

路佳用法杖指向魅魔，荊棘便纏住魅魔的身軀，封鎖了她的行動。

「妳這小鬼搞什麼！別礙事！小心我宰了妳！」

「我不會讓妳們碰霸修大人還有哥哥！」

「把女的拉開！先幹掉她！」

「知道啦！」

「『荊棘之縛』！唔啊！」

然而，當路佳正要封鎖下一個魅魔的行動時，就被敵人抓住頭髮，拖倒在地上。

另一個魅魔騎到路佳身上，還將手伸向她的脖子。

這段期間，紅眼又映入霸修的視野。

霸修已經無法閉上眼睛。

中了魅惑的腦子裡，不會想到閉眼睛的選項。

「閃光！」

這時捷兒趕了回來。

10.暴動

強光撲面，睜大眼睛的魅魔視野受到搗亂。

魅魔忍不住閉上眼，把臉轉開了。

「啊啊！」

化為光彈的捷兒又急速飛向另一名魅魔。

「別動，妖精！這丫頭變得怎樣都無所謂嗎？」

目睹路佳被敵人掐住脖子，捷兒停下動作。

他猶豫了一瞬。要用魔法連路佳一起轟，還是聽敵人的話？

片刻後捷兒選了後者，只是他沒有單純聽話。

捷兒祭出了拿手的舌戰攻勢。

「妳們這是在搞什麼！」

捷兒提高了音量。

任何時候，捷兒都能跟人吵。

「未獲允許，魅魔理應是禁止將多個種族當成用餐對象的！況且霸修老大可是魅魔族的恩人喔！你們清楚嗎？女王一定會暴怒的喔！慘嘍，現在弄成這樣是要怎麼辦！挨罵就可以了事的話倒還好，視情況而言，這是要處死刑的耶！但是沒關係，如果趁現在收手，我還可以陪妳們一起道歉！別看我這樣，要低頭賠罪可是比誰都在行！只要讓我出馬，女王來一個或兩個都不怕……」

「誰管她那麼多！我們肚子都餓扁了啦！明明餓得要死，還逼我們跑步！優麗妮！趕快起來對半獸人用魅惑，讓他脫掉內褲！」

其中一個魅魔揉著眼睛站起身。

被強光照到的她尚未恢復視野，卻還是眨了眨眼睛，想要跟霸修對上視線。

霸修動彈不得，中了魅惑使他吸進更多桃色濃霧，意識已經變得恍惚。

相對地，霸修的胯下倒是狀況絕佳，狀似只想朝眼前的魅魔衝鋒。

魅魔站到霸修眼前，目露紅光。

已經沒人能保護霸修——

「都給我住手，妳們這些蠢貨！」

不，還有一個人。

樓頂的門口站著一名魅魔。

生著桃紅色頭髮，還有小小的胸脯。

其外表可以用稚氣形容，然而跟撲向霸修的魅魔們一比就妖豔成熟得多。

10.暴動

只剩單邊的翅膀與斷掉的尾巴，可見她身經百戰。

「噫，葳娜絲……！」

「怎、怎樣啦……我們只是想……」

葳娜絲帶著發直的雙眼大步走到霸修面前，然後跪在他眼前。

「萬分抱歉，霸修大人。」

她說了這麼一句話，中了魅惑的霸修卻只是用充滿情慾的眼神看向葳娜絲，沒有回應。

葳娜絲帶著沉痛的表情轉開了視線，然後緩緩回頭。

魅魔們看見她的表情，便在不知不覺間退了一步。

「妳們幾個聽著。這一位可是我等魅魔的恩人。沒有他的話，妳們根本不會出生來到世上，懂不懂這點道理？」

魅魔們不回話，葳娜絲便繼續說道：

「當然，我明白大家都餓了。我也知道這是在逼妳們忍耐。我都曉得。我們這些大人心裡有數……但是，拜託妳們。別對這一位做那種事。拜託讓大家都能抬頭挺胸，並且有臉對這一位說出，您所救的魅魔族，是有尊嚴的種族。」

任誰都能夠聽出。葳娜絲說的是肺腑之言。

雖然那是用魅魔族特有的甜美語氣，卻顯得真摯而且入骨。

她知道大家都很苦，卻還是出面拜託眾人聽話，要懂得分寸，可以曉得她要表達的就是這條底線不能被跨過。

「煩死了！誰管什麼尊嚴啊！」

但是，年幼的魅魔們聽不進去。

「尊嚴那種東西，要在肚子不餓的時候才說得出口吧！」

「就只有妳們大人自己吃得飽飽的。」

葳娜絲帶著泫然欲泣的臉色倒抽一口氣，低下頭，然後又緩緩抬起臉。

兩眼發直的她，只回了一句。

「是嗎。」

葳娜絲出腿踢中魅魔的臉。

碎裂聲響起，年輕魅魔腿軟倒地。

「唔！」

若是這樣的姿勢，換成其他種族就會在這時候失去平衡，但葳娜絲單邊翅膀一拍，身手矯健地颼的朝別的魅魔逼近，並且一拳灌進對方薄薄的胸脯。

碎裂聲響起，魅魔隨之嘔血。

原本騎在路佳身上的魅魔見狀，急忙想要起身，卻已來不及。

10.暴動

她的脖子中了葳娜絲的腳刀，伴隨碎裂聲響，翻了白眼吐出白沫。

剩下兩個被路佳施咒剝奪自由的魅魔，目睹那一幕都臉色發青。

「我、我跟她們，是不一樣的，那個……我只是陪優麗妮來而已……」

「我也是！我也跟她們不一樣！我甚至還反對過她們。」

葳娜絲眼神陰沉地看著兩人，陷入了失望與憤怒。

「拿死掉的同伴當擋箭牌，妳們不配當魅魔。」

話一說完，葳娜絲就打斷了她們倆的脖子。

11．求婚

霸修在王宮供他下榻的客房醒了過來。

由魅魔安排的無窗房間。

門板沉重，並附有牢靠的鎖。

「……」

霸修在床鋪撐起上半身，然後吐了口氣。

安心的短嘆。

儘管中了魅惑，他仍記得葳娜絲趕來救援的場面。

也記得敵方全數喪命，戰鬥以勝利收尾。

不過，即使只是靠運氣，把生還的經驗運用在下次就好。畢竟戰鬥會一直持續。

但從局部的觀點而言——

「敗了呢。」

久違的敗北。

11.求婚

名為魅魔的種族，面對男人能發揮多大本領？

連沒上過戰場的年輕丫頭都能玩弄自己，這讓霸修重新體會到了她們的厲害。

然後，他思考著該怎麼做才好。

幹掉對方，肯定就可以闖出生路。

一路以來，霸修在戰場上都是這麼做的。

在戰場只分敵我，沒有不能殺的敵人。

只要爬上樓頂，閉眼屏氣，直接持劍橫掃而過，應該就不至於落敗。

敵人若是實力相當的戰士倒不好說，對付那種程度的丫頭，霸修應該是名符其實地閉著眼睛都能贏才對。

不過，霸修認為殺不得。

對方是年輕人。只是孩子罷了。就算是半獸人，也不會把殺小孩當成好主意。

如今是和平的時代，而且魅魔並非自己的敵人。

霸修確實有這樣的心思。

「老大，那不算輸啦。基本上，如果老大要顧的只有自己，對付起她們遊刃有餘啊。都是我扯了後腿……」

「捷兒……」

捷兒情緒消沉。

他並非首次吞敗，也明白自己不擅長防衛戰。

當時捷兒為了不讓敵人靠近霸修，而採取低空飛行來吸引對方的注意。

他不覺得那樣的行動有錯。

然而，一碼歸一碼，捷兒輸給了那種程度的丫頭是事實。

有別於半獸人，魅惑對妖精沒有效果。對上魅魔，捷兒明明並不會像男性那樣居於絕對的劣勢。

「……」

「……」

身經百戰的兩人，都因為落敗而沮喪。

他們並非首次吞敗，但這不代表心情就不會沮喪。

「請問……」

霸修抬起臉孔，便發現有個少女站在床邊。

是路佳。

「您還好嗎？」

「嗯。路佳，讓妳救了一次呢。沒有妳在的話，我應該已經被魅魔吞了吧。」

11.求婚

「哪裡。但是，我立刻就被打倒了……」

「在戰鬥中，實力較弱者只要能幫忙爭取時間，讓擁有實力者來得及趕到就好。妳已經確實盡到了本分。」

如果路佳沒有趕來，捷兒也許已經死了。

不然就是霸修現在已經慘遭破處。

脫處固然是霸修的心願，但對象若身為魅魔，喜悅便只有剎那。完事以後，底定將成為魔法戰士的未來應該會令他絕望。

半獸人的名譽差點掃地。

再談到葳娜絲的作為，由於整件事算得上是魅魔國的過失，讓她搭救感覺也就扯平了，但是路佳可不一樣。

「妳是恩人。以半獸人王之名立誓，我將回報這份恩情。有什麼希望我為妳做的事就儘管說。」

「咦……！」

霸修這麼一說，路佳就紅著臉低下頭。

「呃，既然這樣……！」

路佳下定決心似的抬起臉，然後握住霸修的手。

如孩子般嬌小，而又體溫偏高的手。

「請、請您，跟我結婚！」

路佳求婚了。

「……為什麼？」

霸修看不懂事情的發展，因而這麼反問。

路佳依然滿臉通紅，還緊緊地握住霸修的手。

「霸修大人，您旅行是要為自己找新娘對不對？當您的新娘，條件是要能生孩子，還需要可以向其他半獸人炫耀的頭銜……雖然我還是個小孩，所以生不了孩子，但我是大鬥士路拉路拉的女兒！這樣是不是就可以讓您向其他半獸人炫耀呢！」

「我在問妳理由。」

從霸修的立場，被求婚也會覺得高興。

仔細一看，路佳的臉長得相當標緻。女食人魔長得美，這點霸修也很清楚。

長大後肯定會成為美女吧。

……前提是長大的話。

11.求婚

半獸人常被說成有女人就上，其實那是錯的。

半獸人會侵犯女人，是他們為了留下後代的本能。

因此，明顯無法生孩子的幼體基本上不會讓他們產生情慾。

回祖國的話，也是找得到那種半獸人，但那種半獸人基本上會被視為性癖特殊。

換句話說，路佳不算在對象之內。

再過個幾年，也許她會長得正合霸修的喜好，但現在仍是個孩子。

而且幾年一過，霸修就會正式變成魔法戰士了。

他等不了。

所以，霸修也不好立刻給出承諾。

換成希爾薇亞娜做出這種發言，霸修應該早就餓虎撲羊了。

「您是問理由嗎？」

「沒錯，妳怎麼會突然說這種話？」

路佳思索似的沉默了一會兒。

「理由……」

她似乎在猶豫從什麼部分說起，又該怎麼說才好。

但是，不久路佳就喃喃地開了口。

「……關於路拉路拉媽媽，有件事我必須告訴您，其實她並不是我們真正的媽媽。」

「這樣啊？」

「是的。她願意扶養我們，也讓周圍的人認同自己有我們這兩個小孩了，但是生下我們的人，是另一位女性。」

霸修受了文化衝擊。

對食人魔來說，母親似乎還有分真的與假的。

「當然，我很珍惜有路拉路拉這位媽媽。不過，我跟哥哥另外有真正的父母。雖然記憶已經模糊了。」

「妳那對父母怎麼了？」

「被殺了。」

「那麼，妳並沒有要替路拉路拉報仇，而是在找殺父母的凶手嗎？」

「……我不會那麼做。踏上尋仇之旅時，我曾經那麼想過，但是經過調查以後，就發現我的父母好像是自作自受。」

「自作自受？」

「他們當過間諜。我的父親是食人魔，還把情報賣給四種族同盟，母親則在智人的諜報部門工作……於是，他們倆私奔生下我們，然後就被發現了……」

11.求婚

路佳垂下臉龐，肩膀隨之顫抖。

霸修看不見她的表情。

半獸人沒有所謂「背叛」的概念。

因為他們並沒有聰明到懂得背叛。他們會的頂多只有不聽半獸人王命令。

「追兵中也包括路拉路拉媽媽，她收留了因為父母喪命而茫然的我跟哥哥，還願意扶養我們。」

談起回憶的路佳，嘴角比平時來得上揚。

「路拉路拉媽媽是個正派的人。她曾經努力想當食人魔的族長，也照顧過其他人。媽媽是個非常、非常正派的人。我跟哥哥都很尊敬她。」

但是——路佳繼續說道。

「某天，有人發現了她的屍體。而且那是在暗巷，屍體居然還被狗……」

路佳熱淚盈眶，回想起當時的景象讓她撲簌簌地掉淚，還打起哆嗦，用細細的手臂摟住了自己的身體。

「媽媽她……她是那麼厲害，不可能會像那樣輕易輸給別人的，肯定是輸給卑鄙的手段，然後曝屍暗巷……像媽媽那樣的人，不該是那種死法。我還有哥哥，都沒辦法接受，那種結局，不可能有人接受的……」

路佳一面這麼說，一面使勁握住霸修的手。

不知不覺間，路佳已經停止顫抖。

「我們發了誓。就算自己會死，就算媽媽不希望我們這麼做，替她報仇仍然是我們身為食人魔該盡的責任……」

「食人魔尋仇啊。」

霸修也聽說過，食人魔是有那樣的習俗。

倘若自己的父母或師父遇害，即使拚上一條命也非得為其報仇才行。否則就不會被認同是能獨當一面的人，連小孩都不准生。

這跟半獸人在戰場上侵犯女人，是一樣的理由。

所以食人魔都剽悍勇猛。

畢竟在漫長的戰爭時代，父母或師父死於非命的狀況豈會少呢。

食人魔這支種族始終立於屍體之上。

「不過……霸修大人，請問在您看來，哥哥有希望嗎？我呢？」

「什麼希望？」

「我們能贏嗎？贏過那個女的。我跟哥哥聯手挑戰她，有希望嗎？」

「沒希望。」

11.求婚

霸修立刻回答。

路德的實力跟那女的就是差得這麼遠。挑戰一百次，頂多讓對方受一次小傷吧。

「我想也是。」

路佳認命似的垂下肩膀。

「其實我也明白，我們贏不了的。這點道理哥哥大概也知道。我們只會白白送命……」

路佳帶著消沉的表情這麼說。

眼眶裡又盈上了淚水。

「我們死了以後，這仇會怎麼了結呢？」

「沒得了結。留下來的，就只有路拉路拉大人與你們都喪命的事實。也許倒會成為那女人在酒館跟人聊到的英勇事蹟。」

霸修自然而然地這麼回答。

對長年置身戰場的霸修來說，死亡近在咫尺。

儘管他沒有父母，稱得上前輩的人，稱得上老師的人，還有戰友幾乎全死了。

這傢伙還在就活得下去，這傢伙不在的話自己也必死無疑，這傢伙絕對死不了，自己會一直與他並肩奮戰……即使讓霸修這麼想的人死了，霸修也還是活下來了，之後什麼都沒有改變。

霸修想過。

假設捷兒死了，他心裡難過歸難過，但應該什麼都不會變吧。

沒有誰是理所當然會留在身邊的。

「霸、霸修大人，我不想死。我也希望哥哥活下去。」

「嗯。」

「但是，我也想報仇。即使明知道贏不了……」

「嗯。」

不想死是人之常情。

而且為了激起那種情緒，所有種族都會用盡手段鼓舞自己。

「我是想報仇，可是哥哥無論如何就是不肯放棄。即使他明明已經知道，憑自己是絕對贏不了的，卻硬要逞強……我看不下去。」

「……」

「我現在也不知道要怎麼辦才好，更不知道自己希望怎麼做……」

為自相矛盾而苦的路佳用雙手捂住臉，滴滴答答地流下眼淚大哭起來。

霸修一直都默默聽著，不久卻開口反問她：

「那又怎麼會跟結婚扯在一塊？」

11.求婚

「食人魔尋仇有個規矩，只要是家人都可以找來助勢。」

「所以，請您跟我結婚，然後打倒那個女人。」

霸修思索著。

為了尋仇，甘願讓幫手當自己的丈夫。

說來並不常見，但可以理解。

換成半獸人，應該會說報仇這種事就該自食其力。或許食人魔也一樣。

然而，眼前的人只是個孩子。

「……霸修大人，只要您希望，多少小孩我都願意生。呃，雖然現在也許沒辦法，但我會盡心盡力付出的！我會拚上一輩子，努力當好『半獸人英雄』的妻子，讓您覺得臉上有光！所以，求求您，拜託您答應我……幫幫我們……」

路佳掏心掏肺地這麼訴說。

那並不是開玩笑。更沒有半句謊言。

要說的話，就算霸修當場撲上去，她應該也會一聲不吭地接受吧。

然而霸修卻告訴她：

「我不能娶妳當老婆。」

路佳帶著受到刺激的臉色，坐倒在地上。

為什麼──趕在她提問之前，霸修便繼續說道：

「不過，我會去打倒那個女人。」

「咦？但是，那樣就壞了食人魔的規矩……」

「我個人想為路拉路拉大人報仇罷了。半獸人的規矩並沒有說報仇只能報親人的仇。」

這是霸修自己動腦想過的結果。

「何況，我也覺得差不多該從這個國家出發了。」

魅魔都對霸修禮遇有加。

他曾認為暫時留在這裡也無妨。

然而，魅魔國終究是個危險的地方。再次認清那一點以後，坦白講，霸修的心聲就是想儘快啟程。

況且，猛一想他已經跳脫原本的目的，花了太多時間在別的地方。怕水靈心情不好，搞得每件事情都往自己身上攬。

差不多該回歸原本的目的才對。

霸修所剩的時間不多了。

11.求婚

要達成目的若有條件，也是可以選擇手段，但現在這樣就錯了。

既然如此，應該不擇手段及方法，循最短途徑把事情解決。

由霸修跟那個女人打一場，擊敗她便是。

那就是霸修得出的最善以及最佳的解答。

結果或許會讓水靈在狂怒下殺了霸修，不過那總比無所事事地逗留於此，最後淪為魔法戰士要好。

與其看「半獸人英雄」變成魔法戰士，違抗水靈換取一死還比較像樣。

「這樣或許保不住你們的驕傲，妳覺得可以嗎？」

何況霸修都自己說過了。

以半獸人王之名立誓，他將回報路佳的恩情。

聽到路佳求助，怎能不伸出援手。

「霸修大人真溫柔呢。」

路佳哭中帶笑地這麼說道。

■

路佳哭完之後，聽到路德清醒過來的消息，便從房裡離去了。

路德中的魅惑比霸修更深，因此似乎在別的房間接受治療。

霸修仍坐在床上，一面確認自己的身體有無異狀，一面吃著房裡準備的餐點。

自己即將啟程，還要跟路拉路拉的仇敵交手，就得將身體調適到萬全才行。

倘若魅魔的魅惑留下後遺症，能贏的戰鬥也會贏不了吧。

霸修只看過那女人一眼，卻認為她是需要如此當心的對手。

捷兒突然朝那樣的霸修問道：

「老大，這樣好嗎？」

「你是指什麼？」

「路佳將來肯定會長成漂亮的女生喔。我看得出來。雖然我分不清食人魔的美醜，對於老大喜歡的長相類型倒是自認摸熟了，感覺她會正中好球帶耶。」

「那麼，到時候我再向她求婚就好。」

的確，路佳是個美少女。

將來肯定會成為大美人吧。

但是，那並非現在。

等她發育變美要五年……不，起碼要三年時間才對。

11.求婚

等那麼久，霸修便只有成為魔法戰士的分了。

或者說，提早上了她也許就可以脫處，但是霸修根本無法將年幼的路佳當成女人看待。

「趁現在先結婚的話，她在長到那個年紀之前就不會被人搶走了啊！」

「但是，那也可能使我娶不到其他女人。」

霸修想起了精靈族。

精靈的習俗是一男最多配一女。

雖然不知道接下來要拜訪的惡魔族有何家庭制度，假如跟精靈一樣，身為有婦之夫就追不到任何人了吧。

既然如此，霸修便不得不保持單身。

「……失禮了，在兩位話講到一半的時候打擾。」

這時候，有個上圍豐滿的女子走進了哥兒倆房裡。

「『魅魔女王』迦梨凱勒……」

「這次暴動，讓『半獸人英雄』霸修大人遭受波及，實在萬分抱歉。身為魅魔女王，請容我在此謝罪。」

魅魔女王迦梨凱勒高姿態地這麼說完以後，就在霸修睡覺的床鋪坐了下來。

巨尻豪乳出現在身邊，使得霸修轉開了目光。

眼睛簡直不知道該往哪裡擺。

順帶一提，她摸在霸修臂膀上的手格外溫熱，微微跟霸修大腿有所接觸的臀部則顯得格外柔軟。

當然了，迦梨凱勒並沒有惡意。

向人誠摯賠罪之際，魅魔有緊貼著坐到對方旁邊的習慣。

這是在他國，尤以智人國最為嫌棄的魅魔之舉動。

「既然已讓『半獸人英雄』大人受到這種氣，我便不相瞞了。說來慚愧，如今魅魔就像您看見的，光是每天要餬口就費盡心力。這樣還叫年輕人心懷尊嚴未免苛求。」

「……」

「即使如此，就像您看見的，我們仍有確實管理『儲糧』並且細心飼育。」

「……」

「只要飲食獲得滿足，我想就有餘裕教導年輕人何謂魅魔的尊嚴。」

迦梨凱勒依然算是用較為高壓的語氣在說話。

然而，霸修從她的語氣後頭，看出了難以言喻的急切。

「情勢演變到這個地步，我除了『懇請』之外別無他法。霸修大人，『懇請』你救救魅魔國。」

11.求婚

「……被身為魅魔女王的妳這麼拜託，我無法拒絕。等時候一到，我就會出力相助。」

對霸修來說，他不明白話題怎麼會扯到情勢演變以及救與不救之類。

但是，魅魔在七種族聯合被視為高等種族，過去對半獸人百般看不起的一族之長，正在拜託「半獸人英雄」提供助力。

霸修自然不可能搖頭。

他反而覺得驕傲。

半獸人一向心思單純。

「所幸能聽到你這番話。」

「但我還是要告訴妳，迦梨凱勒。」

「且說。」

「剛才我承諾過會幫忙，但現在不行。我打算立刻從這個國家啟程。」

因為霸修已經先跟他人有約。

順帶一提，迦梨凱勒坐在旁邊讓霸修有點怕。他覺得自己似乎隨時會被吞掉。

因此他稍微挪動屁股的位置，先拉開身體的距離，然後才告訴對方。

「這樣嗎……我想也是……畢竟才剛發生那種事……」

把那解讀成拒絕的迦梨凱勒倒抽了一口氣。

「是我強人所難。謹在此再度賠罪……若有需求，要帶走我的首級也無所謂。」

「關於那件事，我不打算再多談。魅魔們待我不薄。對妳們來說，半獸人理當是被看扁的存在，但我在這裡過得很舒適。感謝妳們。」

「你肯這麼說，實在是太寬厚了……」

那彷彿為雙方的對話做了結語，霸修站起身。

因為繼續待在迦梨凱勒身邊的話，他會忍不住將她往床上推倒。

總之，接著該做的事情已經敲定了。

既然如此，之後只要前往目的地，跟對手一戰就好。

「那麼，後會有期。」

「…………好的。」

霸修側眼瞥向細聲回話的迦梨凱勒，然後從房間離去。

12.英雄ＶＳ無名女子

有個巨大的殼。

它看起來像烏龜殼，也像蝸牛殼，或者更像昆蟲脫皮之後的形跡，規模奇大無比。高度比成年的男食人魔還高，邊際隱沒於林木之間，無法掌握全貌。

在生苔的森林中，它絕不會沾上苔蘚，也不會長蟲，還微微地發著光。周圍當然仍下著豪雨，但是其外殼似乎能將雨水隔絕，完全沒淋濕。

智人族神官目睹那一幕，大概會評為神蹟。

再不然，大概會評為邪門。

女子站到巨殼前，朝那仰望了片刻，但不久便走入其中。

殼內散發虹彩光澤的景象簡直不像人世間所有，女子卻像散步一樣地從那裡走過，輕鬆就抵達了最深處。

於最深處，有塊剔透如寶石般的石塊坐鎮著。

石塊與周遭以水晶管線連接，儘管說不出道理，卻能理解這座不可思議的物體就是源自於該處。

女子隨手將石塊抓住後，就把那從水晶管線當中扯下了。

清脆響聲傳出，石塊輕易地落入女子手裡。

與此同時，光芒從周圍逐漸褪去。

神聖感與邪門感都逐漸消逝。

任誰都看得出來。

這東西就此失去了力量。

巨殼將在不久後腐朽，並且消失於森林吧。

對於從巨殼看見神聖性的那些人來說，或許會是絕望的景象。

女子因而嘀咕了一句。

「總不能讓凱珞特來做這些……」

女子拿了塊布細心包裹石塊，然後收進背包。

走出巨殼的她仰望雨濛濛的天空，呼了口氣，並且伸展了起來。

「嗯……呼～沒想到會這麼花時間……實在折騰人。魅魔族的這道結界，也不算一無是處嘛。」

如此說道的她，眼前有著無數倒地的屍體。

12.英雄ＶＳ無名女子

那是結界被惡魔族的魔鑰破除後，群起而攻展開最後抵抗的魅魔防衛隊。

沾滿泥濘的屍首，體態都千嬌百媚。

喪命以後，魅魔仍舊妖豔。

女人一副興致缺缺的樣子低頭看著她們的美麗臉蛋，卻忽然感受到有動靜，因此抬起了臉孔。

「……哎呀。」

在成堆的屍體前方有人影。

兩道小小的身影，外加一道高大的身影。

女子對他們有印象。

認出對方的同時，怒火也油然而生。

「半獸人！你怎麼又把小孩帶來了！」

從女子的立場來想，那是無法理解的行動。

日前，他們確實打好了商量才對。

半獸人對自己有情慾，但他忍下來救了兩個孩子。了不起的男人。

既然對方是性慾旺盛的半獸人，女子當然也想過，他有可能將兩個孩子送到安全的地方後，為了侵犯自己而隨後追上來。

或者兩個孩子也可能無法死心，又追來找自己報仇。

但是，三個人一起出現就不合道理了。

「我是來為路拉路拉大人報仇的。」

「……哦。」

女子聽到霸修這句話就頓時消氣了。

十之八九是他後來從兄妹倆口中聽到內情，就激於義憤而表示要幫忙報仇了吧。

女子雖不知道半獸人當時出現在那裡有什麼目的，但是換成自己站在他的立場，應該也會表示要幫這個忙。

無論出外旅行有何目的，她並不覺得棄兩個該保護的孩子於不顧會是好事。

「……嚇了我一跳。半獸人意外地重情義呢。」

只是，女子沒想過半獸人會採取這種行動。

以她對半獸人的認識，救完雙胞胎以後，發現其中一邊是女孩，頂多只會殺了男孩一逞獸慾再揚長而去。

那難免帶有偏見，因此女子倒不會說出口。

總之，半獸人行動的原理好像出乎意料地可以理解。

「不過，你到底是半獸人。腦子不好使。」

12.英雄ＶＳ無名女子

「為何這麼說？」

「你沒想過自己會輸吧？所以才自信滿滿地來到這裡。」

怎樣都好——女子說著便拔出劍來。

無論對方是怎麼想的，既然都衝著自己來了，該做的事情就一樣。

「半獸人在作戰時不會思考敗北。」

霸修同樣將劍拔出。

巨劍散發出黯沉的光澤。

一瞬間，女子覺得那柄劍似乎讓她有印象，卻立刻打消了細想的念頭。

她對劍並沒有執著，再說反正也想不起來。

「我是前半獸人王國——」

「呃，免了，不用報上名號。我不會向你自報姓名，更不是什麼值得讓你報上名號的女人，接下來將發生的並不是具榮譽感的決鬥，純屬殺戮罷了。連廝殺都算不上。」

話一說完，女子便踏出步伐。

女子的這一步，無比地沉靜、自然而又大幅度。

換成尋常的戰士，當然不會察覺女子動身，連自己被納入攻擊範圍都不會察覺吧。

「遺憾。我本來不想殺你。」

劍芒一閃而過。

半獸人的頭顱被女子砍下，滾落在地……

她有把握會是如此。

「……奇怪？」

然而，女子的劍在觸及霸修首級之前，就被厚實的劍身擋下了。

「唔！」

女子驚覺自己的劍被驚人臂力扳回，一瞬間便翻了身。

霸修暴風般的劍勢被女子用手肘支開，反作用力讓她連翻兩個跟斗，而後著地。

霸修接二連三地展開追擊，女子起舞似的逐一閃躲。

避開第五劍以後，她才逃出霸修的攻擊範圍。

女子發現自己的心臟正噗通噗通地跳著。

大意了。她差點就沒命了。

「……半獸人，你很強嘛。我吃了一驚。」

霸修一連串的攻勢，全都有意將她澈底收拾。

12.英雄ＶＳ無名女子

揮出的每一劍都勁道驚人，伴隨著衝擊颯然而至。

被砍中就要身體殘缺，擦到便會皮開肉綻，光是劍勢從身旁掃過都讓人站不穩。

更別說女子的體重較輕。

如果她沒在戰場上學過這種劍勢的躲避方法，應該早就死了。

面對劍勢掃過的衝擊不予強碰，而是轉動身子卸去其勁道。

體幹與身手得要夠力，再加上隨之而來的敏捷性才能辦到這種花樣。

「妳也是。」

霸修也再次確認到，女子強得正如自己所想像。

「你沒死在我的第一劍，還逼得我一路閃躲，以最近來講就只有路拉路拉女士那次。」

「那倒是榮幸。」

面對女子的讚賞，霸修從容答話。

換成普通的半獸人，總覺得態度會更……不，女子對半獸人也不熟悉，所以她還是只能靠偏見來設想半獸人的應對吧。

總之，女子察覺到了，眼前這名半獸人是比想像中更有分量的大人物。

同一時間，憑著生疏的知識，她想起了某個名字。

「身為半獸人又這麼能打……看來，你就是『半獸人英雄』霸修？」

「沒錯。」

答話的同時，霸修的劍朝女子進攻而來。

女子驚險地保持敵我間距，並且予以迴避，再出劍還擊。

還擊的劍並未砍中霸修，只有劍風撫過霸修的皮膚。

刻意保留的步伐，明顯有意測試霸修的斤兩。

「這樣啊，沒向聲名顯赫的弒龍英雄報上名字，我要為自己的失禮賠罪……然而，我沒有能報的名字。」

「……」

「話雖如此，既然對手是半獸人族的最強戰士，我也得認真才行。」

女子這麼說完，就重新持劍擺出了架勢。

在霸修眼裡，顯得似曾相識的架勢。

與智人族騎士備戰時的姿態類似，卻略有不同。獨具特色的架勢。

見狀，霸修感覺自己全身寒毛直豎。女子是危險的對手，霸修的本能正如此告訴他。

「咕啦啊啊啊啊啊啊啊啊噢噢！」

為了進一步提振自己的情緒，他發出戰吼。

雙方開戰了。

12.英雄ＶＳ無名女子

■

戰鬥持續了很長一段時間。

霸修揮劍勢如暴風，女子以巧勁化解並加以還擊。

僅止於此的攻防，在大雨中一直持續著。

即使地面濕滑，雙方也不會失足，仍淡然地繼續過招。

霸修連一劍都無法觸及女子，女子的反擊則能擦過霸修，劃中的卻只有皮膚表層，連血都沒流。

有如套招的景象，只要任何一方本領稍有欠缺就無法成立。

要是女子本領不足，霸修的劍會將她劈飛。要是霸修本領不足，女子的劍就會劃開他的血管吧。

前者可以憑一擊定勝負，反觀後者卻得花工夫纏鬥，但既然結果都是要敵人的命，雙方做的就是同一件事。

能一招收割性命的劍屢屢從身旁掃過，女子仍無焦慮之色。

她淡然地，機械地，一再重複相同的舉動。

觀察霸修出劍的起手勢來歸納套路，直揮到底就要躲，穿插假動作得停一拍再閃，劍路要是中途轉向，便用自己的劍化解攻勢才避開。

隨後發起的還擊也絕對不會太過急進，卻也不會過於退縮，都能維持適當的距離出劍。

霸修同樣會閃避那些還擊。

女子知道，比目前更急進就躲不開攻擊，過於退縮會讓霸修抓準她閃躲的空檔蓄力，進而施展出更難閃避的劍招。要閃避難躲的劍招將使她陣腳大亂，亂了陣腳以後若還想閃霸修的劍，形勢會更加不穩。

等在最後的就是「死局」。

那樣女子便沒有勝機。

但是她知道。

那些難處之於對手也一樣。

霸修態度冷靜。

不停揮舞的劍簡直淡然得不像個半獸人。

他始終施展著最巧妙的步法，以及最精準的斬擊。

倘若因為分不出勝負而心急，出手一馬虎，立刻就會被女子的劍砍傷。

只要流出一點血，形勢將開始倒向對手。

12.英雄ＶＳ無名女子

等在最後的就是「死局」。

不過照這樣下去，應該可以說對霸修有利。

半獸人的身軀遠比女智人高大，體力也能撐得更久。精力會先耗竭的十之八九將是女子那一方。

所以女子拚了。

「這就是半獸人的英雄。難怪任誰都要敬你三分。」

女子開口嘀咕，後退了半步。

霸修的劍獲得些許空檔蓄力，深入些許的一擊隨之使出。

劍掠過女子的頸邊，卻還是搆不著。

女子陣腳失穩，卻仍持劍守住。

霸修反手又是一劍，躲不開的斬擊直朝女子而去。

「然而，你是半獸人。」

霸修揮出的劍有一瞬間產生了遲疑。

他的視線落在女子胸口，鼻頭抖動，原本緊閉的嘴角跟著放鬆。

劍鋒從女子的肩頭朝左手掃過，衝擊使她皮開肉綻，更劈碎了骨頭。

站穩步伐的女子面對衝擊仍轉動身體避免硬碰硬，並且用右手的劍砍向霸修頸子。

12.英雄ＶＳ無名女子

血花飛濺。

「……！」

霸修的人頭並未落地。

頸動脈被割開，血液像噴泉般泉湧而出。

換成智人就是可能致命的出血量。

「很高興這招管用……但你剛才還是反應得過來……」

相對地，女子左手碎裂且血流不止，還扭成了反常的角度。

胸前衣物裂開大片，雄偉的雙峰裸露在外。

「不過，接著就只有你死我活。折騰人的一戰。不對，我的骨頭已經折了……」

女子又舉劍擺出架勢。

她知道，光是脖子大量出血，眼前的半獸人並不會停下。

半獸人眼裡並未失去光芒，其身體籠罩著熱氣，令冰冷的雨水蒸發消散。即使受到足以讓智人絕望的傷勢，半獸人戰士仍不會停下。

（比我預估得更強……這就是弒龍英雄嗎……）

反倒是女子急了。

依照預期，她應能驚險避開霸修的劍。

過去，女子也用同一招打倒過半獸人族的戰士。

只要露出胸口，半獸人必將起色心，導致身手變慢。考量到擊敗女方後該做的事，他們的殺意就會放緩。

過去女子打倒的也是知名戰士，不過被稱作英雄者，果真更加厲害。回想起他具有寧可優先救小孩也不侵犯女性的高潔品格，或許用這招就顯得膚淺了。

總之到了這一步，半獸人與女智人體魄有別。

女子一舉落於劣勢。

哪怕霸修失血量較多，會先動作變慢而力竭的仍是女子那方。

因此女子主動上前。

對準霸修粗如樹幹的脖子，欲將其斬斷的她出手又是一劍。

迎戰的霸修這次更不能受美色迷惑，舉劍就朝女子的頭頂劈落。

「治癒之風。」

霸修的劍揮空了。

佯裝急進的女子翻身一閃，隨即被魔法之風包裹。

12.英雄ＶＳ無名女子

風的顏色近似妖精鱗粉，轉眼間便讓女子的傷勢痊癒。

女子的傷好了，只剩霸修負傷。

雙方形勢稍有逆轉。

「……唔！」

但是，霸修出劍急猛。

任誰都要心懷戰慄談及的劍速，雖具有壓倒性威力，相形之下出招的次數更多得誇張。

霸修不會放過回復魔法的破綻。

一劍、兩劍就逼得女子架勢不穩。原本料想過只要退縮一步便會落入的險境，已經發生在當下。第三劍又朝女子的軀體疾揮而至。

「嗯嗯嗯嗯！」

女子臉色急迫無比地用自己的劍迎向揮來的劍。

金屬發出的震天巨響迴盪於森林。

號稱不毀的惡魔族之劍與女子的劍相碰，造成非比尋常的衝擊。

連霸修都被震得身體浮起，並且向後飛了幾公尺。

隨煙塵仰望上空，只見女子在半空打轉著飛了出去。

女子大概是用了魔法，在空中穩住姿勢後，便落腳於樹梢之上。

「呼！呼！呼！」

女子呼吸急促，露出的胸脯劇烈起伏。

不過，與其視為運動所造成的，那應該是感受到自身死期所致。

她才剛逃過一死。

霸修的速度超乎她的預期，連回復的空檔都沒有。

揮劍勁道更是沉重。假如沒有在劍身凝聚大量魔力抵銷其劍威，女子的軀體應該就變成兩半了。

「唔！」

連喘息的空閒都沒有。

女子立刻從樹梢縱身一躍。

下個瞬間，原本讓她落腳的樹已被砍飛，還猛烈打轉著波及了周圍的樹木。

女子一邊輕靈著地，一邊大幅蹲下。

霸修的劍從她頭頂橫掃而過。

儘管被衝擊波颳倒，女子仍迴轉身體往地面肘擊，讓自己轉換方向。憑藉迴轉的力道，她順勢出劍砍向位於眼前的霸修腳脛。

同時，霸修一劍直劈在女子的後方。

12.英雄ＶＳ無名女子

土塵飛揚飄散，女子感覺到攻擊有確實得手，還是以趴地的姿勢跟霸修拉開距離。

她之所以會立刻揮劍防禦，是出自於本能。

霸修從何方砍來，自己又是朝著哪裡在防禦，連女子自己都分不清。但是，身體隨著鏗然聲響被彈開，因此她能理解的就只有自己的行動並沒有錯。

「喝啊！」

儘管女子絲毫也無法理解，那是霸修的劍縱向劈穿地面，進而直接襲向鑽到身後的她。

無論有多少幸運降臨，持劍朝霸修出招的女子仍毫不鬆懈。

■

那場戰鬥不知道持續了多久。

天空被厚實的雲層及雨水遮蔽，對時間的感知無從分辨。

只是，有鑑於霸修的戰鬥經驗，應該可以說雙方並沒有戰得太久。

他曾跟精靈族大魔導桑德索妮雅鬥上三天三夜，但這次連一天都還不到。

頂多過了一晚。

「呼……呼……」

「……」

那一晚，就讓周遭景象產生了劇變。

被稱作聖地的巨殼半毀，群樹被砍倒，宛如大型龍捲風過境後的慘狀。

在那般情境下，雙方都站著。

「霸修大人，還要打嗎？」

「……當然。」

霸修已經滿身瘡痍。

身上到處是裂傷，而且有幾道傷口似乎深及動脈，源源不停地流著血。就算半獸人再怎麼頑強，任誰都看得出，繼續放著那樣的傷勢不管八成會沒命。

至於女子這邊是否就有餘裕呢？倒也沒那回事。

女子的左手已經扭曲成了反常的角度，頭部也血流不止。

之所以沒造成致命傷，不過是因為她會用回復魔法。

即使如此，非得抉擇要回復哪個部位的她，魔力似乎也沒有餘裕了。

「再繼續耗下去，我跟你會同歸於盡。」

「就算那樣，我也無所謂……」

同歸於盡。

12.英雄ＶＳ無名女子

那是兩個人交手後體會到的預感。

彼此實力相當。雙方過招，都無法如願讓對手受到致命傷。

憑女子的臂力砍不進霸修的要害，而霸修的招式無法直取女子性命。

傷害一點一滴逐漸累積，固然會互相消耗氣力，卻改變不了那層關係。

目前，他們倆還能靠妖精鱗粉或回復魔法療傷，但繼續打下去的話，彼此都將傷到無法康復的地步才對。

而且，就快要越過那道分水嶺了。

「半獸人的英雄，豈能在這種偏僻之地跟無名女子同歸於盡，你不該死得像這樣連半點狗屁名譽都不剩。」

「……妳在戰爭中，也曾是享有名聲的戰士吧。」

「是啊，但現在不一樣了。打倒現在的我並不會贏得榮譽，被我打倒也只會讓你的名譽受損。」

女子凝望霸修。

她不得不承認，對方是個了不起的戰士。

第一次遇見光是以劍相交，就能讓人心生敬意的對手。

於是，女子喊了出來。

「路拉路拉女士是個偉大的戰士！但你非要為她報仇，甚至不惜一死嗎！」

「妳為什麼要在意那種事？」

「因為像你這樣傑出的戰士，不應該死在這種地方！你可是跟我鬥得不相上下的戰士！在這座大陸上有幾個人能夠如此呢！你應該找上比我更合適的對手，體面地死在值得驕傲的戰場才對！」

女子奮然抬起臉孔，然後看向某個方位。

尚未遭破壞的森林死角處探出了兩張臉。

路德與路佳。被妖精保護的兄妹倆臉色蒼白，同時望著霸修他們。

「你們在聽嗎！有看見嗎，孩子們！由於你們不肯認同路拉路拉女士的死，英雄將因此而死！報仇對你們而言可有重要到這種地步？難道為了保住路拉路拉女士的名譽，就非得讓半獸人的英雄陪葬嗎！」

女子高喊。

「基本上，你們似乎有所誤解！我堂堂正正地與路拉路拉女士打過！要我以過去的榮譽發誓也行！你們想像的那些暗算行為，我一律沒有做！我是出於緊急才擱置了她的屍首！與這位『半獸人英雄』對獸人族勇者做過的一樣！你們會責怪他嗎！」

女子仍繼續吼道：

12.英雄ＶＳ無名女子

「若你們還是想報仇，那也無妨。我可以當你們的對手！但因為敵不過我，就請別人代為出戰，自己則遠遠觀望，成何體統！這樣豈能保住路拉路拉女士的驕傲！要知道羞恥！」

那算是某種求饒的行為。

女子不願喪命於此，也不想讓霸修死在這種地方。

因此，身為仇家的兄妹倆只是在旁觀戰，讓她對現狀產生了憤怒。

而且，那些話讓路佳抖了起來。

「我、我是希望……」

讓霸修代自己報仇。

如此要求的路佳在實際目睹戰鬥後，完全退縮了。

她自認沒有抱著輕率的心態拜託霸修。

但是霸修與仇人的戰鬥卻殘酷得超乎想像，而且怵目驚心。

請霸修出馬就能輕易打倒對方才對。

路佳不敢說自己並沒有這種想法。

而且這個女人聲稱與路拉路拉堂堂正正地打過，只要目睹這場戰鬥就足以取信了。路佳篤定母親很強，所以絕對是死在卑鄙的手段，現在卻肯相信並沒有那回事。

但就算那樣，正因如此。

路佳總不能讓血親去對付這種怪物般的敵手。

這樣的念頭從開戰前就根深蒂固。所以，她開不了口叫霸修收手。

她自己也不知道該怎麼辦才好。

所以，路佳才會向霸修求助。

「我覺得……已經夠了。」

這麼說的是路德。

「從一開始，我就打算靠自己的力量報仇。因為實力不夠，憑我又絕對無法打贏，才覺得請師父出戰也是不得已的。但確實就像妳說的，這樣做的話，無論是師父的名譽、媽媽的名譽，還有我們的名譽都保不住。」

路佳變得渾身乏力。

嘩啦一聲，她跪在濕漉的地面，眼淚奪眶而出。

「師父，是我太急著報仇。」

路德一面回想深切體認到自己有多無力的這段日子，一面這麼說道。

「對不起。害您替我跟仇人打到這種地步。雖然不知道要拖幾年，但我會從頭開始修練，然後自己打倒這個女人。所以，請您現在先停手吧……」

「……霸修大人，既然路德都這麼說了……」

12.英雄ＶＳ無名女子

路佳擠出了這句話。

她向霸修求助是為了保護哥哥。

既然哥哥願意改變趕在當下打倒仇家的目標，路佳也就沒有著急的理由。

雖然現在絕對贏不過對方，將來會如何還不知道。

但是，路德與路佳遲早會培養出更多自信吧。

遲早有一天，他們將認為已經修練這麼久，有了挑戰的實力，那麼就算落敗送命也是無可奈何吧。

而且，到時候肯定不會有迷惘。

兄妹倆如此心想。

「……這樣啊。」

於是，既然兄妹倆如此下定決心，霸修也就不得不收劍。

女子見狀便鬆了口氣。

「……路拉路拉的兒子啊，你肯定會成為不錯的戰士。我原本認為自己這個人隨時可以一死……但我會儘量努力保住這條命，並且等待你的到來。」

女子把劍收進鞘裡，然後一邊轉過身，一邊對自己施了回復魔法並且緩緩離去。

霸修望著她那樣的背影，心生猶豫。

對於雙胞胎的決定，霸修當然也沒有異議。

報不了路拉路拉的仇，也就罷了。

霸修並沒有那麼希望報仇。正如那女人所說，既然是雙方堂堂正正打過以後的結果，還想著要報仇未免太過愚蠢。

所以，問題在於水靈是否這樣就滿意了。

這種半吊子的結局，能讓水靈滿意嗎？

「唔……」

忽然間，霸修感到某種異樣。

到剛才還一直滂沱下著的雨，已經感受不到了。

端掌朝上並且仰望天空，就發現厚實的雲層冒出裂縫，開始有光照下來了。

藍天正逐漸回到魅魔國的天空。

「呼嗯……這樣就行了嗎？」

雨停了，應該表示水靈也息怒了吧。

雖然不清楚狀況，換句話說就是元素精靈也滿意了。

既然如此，霸修也沒有理由執著於這個女人。

日前他的求婚才被對方拒絕過。

12.英雄ＶＳ無名女子

「喂，女人。」

但是，霸修卻從女子的背後出聲喚道。

「霸修大人，當你要叫不知道姓名的女性時，我會建議你改稱『女士』或『小姐』，而不是直呼『女人』。」

「唔，是嗎。我會記著。感謝妳。」

「不客氣。所以說，有什麼事？我倒覺得，你也要接受治療比較好吧……？」

女子聳了聳肩，還帶著泰然自若的氛圍這麼說，手卻毫不鬆懈地伸向了腰際的劍。她是在提防吧。

當然，霸修已經無意跟她打。

只是有句話，霸修希望能先說清楚。

「上次跟我打成平手的敵人，是桑德索妮雅。」

「我很榮幸能與那位精靈族的大魔導相提並論。所以呢？」

「跟妳交手過能活下來，我會以此為榮。」

那句話讓女子停下了腳步。

她握住腰際的劍柄，仰望天空，並且將嘴角放鬆，不過很快又擺出了嚴肅的臉色，還張口準備說些什麼，然後作罷，最後才又張口說道：

「那麼，活下來的我也會以此為榮。」

話說完以後，女子便一邊甩了甩手，一邊消失於半毀的森林中。

或許是心理作用吧，她的腳步狀似比剛才輕快了些……

——就這樣，路拉路拉的兒女路德與路佳出外尋仇，以未遂作結。

13. 婚約

女子離去，經過了一晚。

霸修雖然身負重傷，但是靠著妖精鱗粉平安恢復了。

在夜晚過去之前，每個人都默不作聲。

捷兒與雙胞胎是在回味先前的驚人戰鬥。

霸修則針對先前的戰鬥思考，摸索自己要怎麼行動才會贏。

別說默不作聲，每個人就連動都沒有動一下。

天亮的同時，霸修等人採取了行動。

或許是上路之後，又變得興奮了，路德便開口說起話。

他回想霸修與女子交手的情境，興奮不已地大談女子何時看似被打倒了，哪個瞬間又讓他覺得戰局無望，話都停不下來。

負責聽他說的是捷兒，擅於聊天的妖精巧妙地應聲，還提出過去的例子帶動話題，讓路德變得更起勁了。

沉默的則是霸修與路佳。

霸修之所以不講話，並沒有特別的理由。

只是他想起女子在戰鬥中一有動作就隨之晃動的胸部，嘴邊肯定是笑得色瞇瞇的。

至於路佳，她一直都擺著凝重的臉色。

在這樣的過程中，一行人不久便穿過了森林。

開闊的地勢前方有座山谷，底下則有河水流過。

到谷底有一段高度，不過河川的水量仍然洶湧得足以聽見流水聲。

應該是連日降雨所致。

「啊，這條河是老大跌落的河耶！只要沿著走，就可以回到原本的地方！」

「對。」

霸修與捷兒毫不猶豫地往河川上游而去。

然而，食人魔兄妹倆卻停下了腳步。

「師父，我們要在這裡失陪了。」

「你打算怎麼做？」

「我要跟路佳先回故鄉。食人魔國是在下游的方向，所以……」

「這樣啊。」

「其實，我是希望能一直追隨師父修練的……不過看了昨天的戰鬥，我覺得自己果然還不到能向師父求教的水準。」

路德說到這裡都還有笑容。

但是不久他就把臉皺成了一團，並且喊道：

「我好不甘心！別說跟不上師父的戰鬥，根本連參加的資格都沒有……！即使誇下海口要報仇，那個女的也都沒有把我當對手……！這些我全都明白！」

路德帶著哭臉仰望霸修。

「師父，您從一開始就曉得對不對？我的程度還不到可以學招式或其他東西的水準……所以，您才會用那種方式訓練我吧？」

「……是那樣沒錯。」

換成平時，霸修會斷言沒那種事，但這次就連他心裡都有底了。

路德實在太弱了。

那是在討論能不能贏之前的問題。

「我會重新起步，修練到能打贏那個女人……不，起碼要先努力讓祖國的大人認同我能獨當一面再說！」

「在你慢條斯理搞那些的期間，或許那女人會先被別人出手幹掉。」

「……能跟師父打得不相上下的人，我不認為會那麼容易死……更何況……那個，我曉得媽媽實力非常厲害，所以之前一直認定那傢伙絕對是用暗算的，不然就是用了什麼卑鄙的手段。但是看過她跟師父的戰鬥後，我現在明白並不是那麼一回事，因此不會再猴急了。」

「既然這樣，你也不用報仇了吧？」

「那女人殺了媽媽是事實啊……再說，沒有目標會讓我變得懶惰。」

路德說完，就帶著釋懷的表情笑了。

彷彿要將那樣的路德擠開，路佳往前了一步。

「呃，霸修先生。」

「怎樣？」

「這一次，有許多事情都要謝謝您。」

路佳先說了這麼一句，然後低頭致意。

接著她抬起臉，忸忸怩怩地在胸前撥弄起雙手，並且往上瞅了瞅霸修。

「那個……撇開報仇的事不談，再過個幾年，等我變成大人以後，請問您可不可以娶我當新娘子呢？」

「唔……」

那句話讓霸修思索了一會。

13.婚約

再過個幾年……換句話說，並不是現在就結婚。

這就是所謂的婚約，霸修卻對其中的制度不太熟悉。

「當然可以。」

因此，他爽快地答應了。

反正在這幾年期間還不算成婚，就算新對象是崇尚一夫一妻制的精靈，也礙不著之後娶路佳，霸修是這樣判斷的。

「太好了！感謝您！」

看路佳笑得滿心歡喜，霸修也跟著露出微笑。

既然是食人魔與智人的混血兒，肯定會長成合霸修喜好的美女吧。

想到能娶到那樣的老婆，內心便充滿期待。

儘管現在的路佳實在太小，根本沒辦法想像。

雖說是養女，既然她是路拉路拉的女兒，要當半獸人英雄霸修的老婆就無可挑剔。

「老大，既然還要等個幾年，我們先回半獸人國也可以吧？就算她現在沒辦法馬上生小孩，老大留在祖國慢慢等她長大，也不至於遭天譴啊。」

「不，好不容易得到情報。還是要去惡魔國一趟。」

霸修略顯快嘴快舌地回話。

13.婚約

這是因為雖然他瞞著捷兒，但重點並不在娶不娶得到老婆。

在這趟旅程中脫處才要緊。進一步來說，則是避免讓自己成為魔法戰士。

因此，假如旅程在這裡喊停，那事情可就大條了。

「唔嗯～有那個必要嗎……？」

捷兒帶著搞不太懂的表情偏過頭。

話雖如此，捷兒是妖精，霸修是半獸人，都信奉不拘小節的主義。

「哎，老大還是多娶幾個老婆比較好！再說，只有路佳一個人服侍老大的話，就算她有食人魔的血統，感覺還是很快就會壞掉！」

「對。」

年紀尚幼的路佳聽不懂那句話的意思。

然而，食人魔也並非一夫一妻制的種族。

即使聽到霸修需要許多妻子，路佳也不覺得特別有疑問。

「……雖然我聽不太懂兩位的意思，但為了不讓眾人蒙羞，我也會回故鄉努力學習當新娘的！」

「好啊！」

霸修帶著滿懷期待的微笑點了頭。

就這樣，霸修有了未婚妻。

從這趟旅程開始到現在，首度獲得了成果。

要說踏出了一步，那距離仍然嫌短，與達成目的並無關係。

但是，霸修確實朝理想近了一步。

然而他的旅程仍會繼續。

為了達成真正的目的，朝惡魔國啟程。

還一邊回想途中交手過的女劍士胸脯有多麼晃——

14. 尾聲

從霸修啟程後過了幾天，魅魔國籠罩著沉痛的氛圍。

長期持續的雨停了。

然而，這場雨留給魅魔國的卻是暴動產生的瓦礫、灰頭土臉的魅魔尊嚴，還有遭到破壞的聖域。

聖域對魅魔來說是重要的地方。

從遙遠的過去，她們就被教導要保護這裡，並且遵守至今。

保護聖域是為了什麼？儘管這部分並未流傳下來，仍然有許多魅魔視其為信仰的對象。

然而她們失去了那裡。

魅魔是目光短淺的種族。

因此或許過幾年就會把這些忘得一乾二淨。

但是一碼歸一碼，此刻，絕大多數的魅魔臉上，表情就像戰敗成為定局，只得接受議和的那天一樣。

魅魔女王迦梨凱勒消沉得尤其嚴重。

魅魔族長年保護下來的東西，在自己這一代失去了。

漫不經心做出的指示，甚至讓自己連長年相伴的部下都失去了。

自責的念頭令她鬱結，臉上的小皺紋隨之變多。

「唉……」

因為戰爭結束，就鬆懈了。

太鬆懈了。自己的同胞，不至於過得比現在更落魄，之前迦梨凱勒心裡頭有某處是這麼想的。

她錯了。這不是早就曉得的嗎？

敗北將帶來更多的敗北。

正因為輸了，正因為當下過得苦，才更要繃緊神經才行。

為何聖域會遭到破壞？詳情不得而知。

由於討伐隊遲遲未歸，迦梨凱勒再次派出了斥候，根據他們所做的報告，殺害魅魔並破壞聖域的凶手，似乎留下了與霸修交戰的形跡。

戰鬥的結果不得而知。

然而，橫屍各處的全是保護聖域的魅魔，據說沒發現霸修與凶手的屍首。

14.尾聲

有鑑於此，應該是霸修單方面蹂躪了敵人，在盡情上過對方以後要不是讓人給溜掉，就是直接把凶手帶走了。

原本希望他能將凶手的首級交給魅魔，然而帶輸掉的女人回去是半獸人的習性。這也沒辦法。

從迦梨凱勒的立場，反而只覺得感謝。

畢竟放任那個凶手，肯定會迎來更加悽慘的結局。

（明明霸修大人在離開之際說過那種話，竟還願意幫忙打倒侵襲聖域的凶手……）

只看現場的狀況，霸修與凶手倒也可以解讀成同夥。

但是，迦梨凱勒的尊嚴不會膚淺到讓她如此臆測。

就算真是那樣，接受魅魔國款待的霸修差點在暴動中被吃掉，當成報復也屬合理。身為女王不得不息事寧人吧。

哎，一碼歸一碼，霸修離去後的魅魔國處境慘澹。

有許多年輕人死了。

暴動未讓「儲糧」受害，糧耗降低讓食物的供給稍獲舒緩，大概算是不幸中的大幸吧。

縱然如此，這絕非值得公開慶幸的事，食物匱乏的問題亦未有任何改變就是了。

「女王陛下，有使者求見。」

這般時局之下，心腹妮歐帶來了這樣的報告。

「使者？這種時候會是從哪裡來的哪位啊？敢為了無聊事而求見的話，我可是會把人吸乾的喔？」

迦梨凱勒不耐煩地撂下狠話。

敗北將帶來更多的敗北。

在當前的局面不可能會有好事上門，她是這麼想的。

「那真嚇人。還是我就直接回去吧？」

如此說著進來的人，是個年輕男子。

女王迦梨凱勒知道他的名字。

「納札爾．凱努士．葛蘭德琉斯殿下……？」

「初次見面。魅魔女王迦梨凱勒。」

納札爾如此表示，但是迦梨凱勒遠遠地見過這男人幾次。

智人族最知名的男人。

戰爭中，迦梨凱勒不知道夢想過幾次，要捉到這個男人，並且聽著其哭聲，把對方吸到

14.尾聲

精盡人亡。

此刻若在戰爭狀態，看到肥肉自己送上門的她就會亮起魅惑魔眼，好好地吸個飽，再把納札爾沾滿唾液及其他體液的皮與骨送還智人國。

但是，時局已變。迦梨凱勒不會不知道，對智人族王子出手將有什麼後果。

所以，她起碼要虛張聲勢地這麼回話。

「突然就闖進王宮，豈非無禮？」

「抱歉。說實話，我還不算正式的使者……」

私下來到魅魔的房間，形同請對方吃了自己。

話雖如此，迦梨凱勒到底是迦梨凱勒。

雖然釣餌明顯垂在眼前，她並不是那種會上鉤的女人。

「那麼，你究竟有什麼打算？要談的話，我可以在謁見廳聽你說喔？」

「我想談的是這回事。」

納札爾打了個響指。

於是，有二十名男子魚貫走進房內。

他們似乎在旅途中有好幾天沒洗過澡，房裡充滿了男人的濃厚氣味。

心腹妮歐聞到味道，急忙朝納札爾質問：

「怎能如此！你在想什麼！居然帶這群男人魚貫踏入魅魔女王的房間。」

「啊，是我失禮了。這樣對女士們太不禮貌呢。不過——」

「不是禮貌的問題！這叫飛蛾撲火！趁我們還忍得住，趕快把人帶走。啊，你看，我口水都滴下來了……」

妮歐同樣是有尊嚴的魅魔。

但是日前敬愛的姊姊喪命以後，她難過得失去了食慾。

正好空腹時有大餐擺到眼前，可完全招架不住。

「啊，是嗎。原來如此，是我失禮了。不過我這趟正是為此而來。」

納札爾根本不懂魅魔內心的那種苦惱。

他只是帶著一如往常的從容表情，開始說明自己的來意。

「日前，我從某位人物那裡得知，魅魔正面臨嚴重的糧食短缺，便帶來支援的物資。」

「某位人物……？」

「是的，雖不能透露其姓名，但我確實感受到狀況急切。因此，才會像這樣徵召志願者趕來魅魔國。」

迦梨凱勒想起了某個男子的身影。

日前來過魅魔國視察儲糧狀況的男子……

14.尾聲

（霸修大人不僅幫忙收拾破壞聖域的凶手……連糧食都設想到了……？）

從霸修離開國內到納札爾召集志願者來這裡，時間明顯銜接不上，迦梨凱勒卻不介意。因為她覺得霸修正是為此而來。雖然說憑霸修的腳程是可以勉強趕上……凱珞特就讓人同情了。

「得要感謝你呢，智人族的王子大人。」

「不。根本來說，是因為我們智人族當中有人對魅魔深惡痛絕，才會導致這樣的狀況。戰爭既已結束，各族間明明是該攜手合作的……」

納札爾說到這裡便瞥向窗外。

在他的視線前方，有魅魔族自豪的「餐廳」。

「話雖如此，我也聽到了魅魔族對儲糧管理不善的傳聞。雖說徵召倉促，將志願者送到那樣的死地是否妥當……」

「這……」

迦梨凱勒的額頭流下冷汗。

「所以說，日前我暗中讓認識的密探做了視察。」

「……」

那句話還是讓迦梨凱勒想起一個男人。

那個男人視察了餐廳，卻受到魅魔的無情對待。

迦梨凱勒沒有臉面對他。霸修提出的報告，應該是壞話說盡吧。

納札爾肯定是要來興師問罪。

擺好豐盛大餐，再表示「妳們有欠管教所以沒得吃」，這就是他要來宣布的事吧。

畢竟智人就喜歡這種名堂。

或許，他連現有的「儲糧」都要收回。

「……」

即使如此，考量霸修受到的對待，迦梨凱勒連一句藉口都說不出來。

因此迦梨凱勒帶著絕望的表情看向納札爾。

起碼得拜託對方放過現有的「儲糧」，自己必須照智人的規矩低頭懇求。

或許那會傷到魅魔的尊嚴，但是當成無能女王的最後一項差事，應該算得上圓滿。

迦梨凱勒一面這麼想，一面準備從椅子起身。

「一句話，可圈可點。」

「咦？」

納札爾的誇獎，頓時讓她坐回椅子上。

「餐點豐盛，床鋪溫暖，待遇簡直不像被判過死罪的人。養得有點太胖令人在意，但貴

14.尾聲

國也有讓他們運動。看來妳們也有研究過近年在智人國同樣造成問題的病症該如何因應。」

「是、是啊。當然嘍。要是讓寶貴的儲糧死了，頭痛的可是我們耶？」

「其他魅魔似乎也受過萬全的教育。入境時，我擔心過會不會有幾名魅魔撲上來，姑且帶了護衛隨行，卻沒這個必要。聽說這幾天比較不平靜一些，但是在我看來會覺得魅魔十分理性。」

「當然嘍。因為我們是有尊嚴的魅魔。才不會襲擊來賓。」

迦梨凱勒一面這麼說，一面擦了流過頸邊的冷汗。

雖然當下已經平息了，換成在暴動前夕，就十分可能出狀況。

「坦白講，來這裡之前曾讓我擔心。我身為男性，自然沒有參加過對抗魅魔的戰鬥。關於魅魔的事，只能透過口耳相傳了解……原本還聽說是類似於女性版半獸人的存在呢。」

「……這個嘛。那倒沒有說錯。」

「日前，我也了解到半獸人是自尊心遠比想像更高的種族，想必魅魔族也是同理，便決定親自走一趟了，看來完全正確。」

「……」

換成平時，迦梨凱勒大概會發怒，要求對方別拿半獸人與魅魔相提並論。

然而日前魅魔族不僅差點吃了敬愛的半獸人英雄，還獲得他的幫助。

迦梨凱勒自然說不出那種話。

如今的魅魔族是不如半獸人的野獸。

「即使在上位者懂得自愛，底層的人也未必如此。小少爺，你運氣很好。路途中若遭遇不測，你早就被吸乾嘍？」

「為此我才帶了護衛。如果遇上不懂得自愛的『底層』，我們一行人要開路並沒有那麼困難。」

「我倒沒看見你說的護衛耶？」

「她表示自己現身會引起麻煩，就跟往常一樣戴了面具窩在房間裡。當然，要是我發生狀況，她應該會飛奔而來。」

「呼嗯。」

迦梨凱勒不以為意似的點了頭。

大概是忙得不可開交就沒接到報告，但對方似乎也準備了保身之術。

既然這樣——迦梨凱勒看向納札爾身後的成排男子。

話說到這裡，若可以直接聽信，表示這些男人……

「所以你身後的那些男人，就是『支援物資』嘍？」

「是的。這二十名男子都是志願成為魅魔『儲糧』的人。」

14.尾聲

「換句話說，我可以毫不客氣地享用他們？」

「對。不過他們並非死刑犯，而是志願者。要請妳保證給予應有的待遇。」

「『應有』這詞太含糊，我聽不懂。你希望他們有什麼特別待遇？」

聽見那句話，二十人當中便有一人上前。

臉上有傷的禿頭男子。一眼就能看出是在戰爭中生還的樣貌。

還要加以形容的話，長相以智人的標準來說，算是相當寒磣。

若用十階段評分論美醜，是能夠排第一的程度。不過難看排第一，而不是好看排第一。

他們當中也有人勉強能到二，卻差不了多少。

從魅魔的觀點來說，倒是貌似能榨出不少精力的好面孔。

「我的想法是若能娶魅魔為妻，那就太好了！」

那種「特殊待遇」無法得償所願。

迦梨凱勒帶著哀傷的臉色搖頭。

「很遺憾，在我國無法像智人一樣由一男一女締結婚姻。有人肯自告奮勇，我也不好潑冷水，但你得要每天陪十個魅魔用餐喔……還有，我想這一點是眾所皆知，魅魔生不出智人的後代。」

「是我口誤！我只要能跟可愛的魅魔卿卿我我就夠了！」

聽到十個魅魔，男子來勁得呼吸都急了。連眼睛都紅了起來。

迦梨凱勒不懂其中理由，但對方似乎莫名興奮。

「聽你的意思，簡單來說，就是希望我們照常把你當食物吃，對嗎？」

「這樣啊？我沒有被女人品嘗過，所以倒不清楚。」

「不會讓你覺得失禮嗎？」

「我不會覺得失禮。」

「呼嗯。」

智人反而不討厭那樣嗎？

迦梨凱勒如此心想，不過既然對方是志願來當他族儲糧的智人，應該不符合普世的價值觀吧。

「還有我！」

接著上前的，是個貌似陰沉的男子。

用一句話來形容就是體味非常重。在狀似幾天沒洗澡的一大群男子當中，臭得格外突出。連嘴巴都有些味道。

對魅魔來說，那當然是勾起食慾的香味。

「我希望魅魔在『過程中』能避免對我露出嫌棄的臉色……可以的話，就算靠演技也沒

14.尾聲

關係，要是能保持開心的臉就太好了！」

「你自願讓我們吃，我們怎麼可能露出嫌棄的臉色啊？大家覺得開心是當然的啊。吃你的時候，我想大家肯定會一臉陶醉。」

「是那樣嗎？」

「是啊。但我知道了，這表示你也一樣，希望我們照常把你當食物嘍？」

迦梨凱勒不懂，這個男人為何會提出那種要求。

她並不知道。

戰後，有許多智人何止結不了婚，甚至還失去工作淪為盜匪，再不然也會被迫流浪諸國。而且在那些人當中，多得是不受智人女性青睞的人。

在場的男性，別說不受智人女性青睞，他們全是連別國女性都不肯理睬的單身漢。

「還有我——」

在那之後，男子們陸續說出了自己的慾求。

那些盡是在智人聽來會忍不住想說「唔哇，誰受得了」的內容，但是在魅魔聽來都覺得「說穿了，就是要我們照常吃你嘛」。

「換句話說，你們都是真心要成為我們的『儲糧』，才來到這裡的嘍？」

「是、是的……」

不久，當所有人都自我介紹完畢以後，魅魔女王的嗓音變得頗為低沉。

眼神也強烈得驚人。

魅魔對男人而言是天敵。

無論本事再怎麼高強，只要用上魅惑，他們就連尋常的下級魅魔都對抗不了。

被魅魔當中位居頂層者盯住，男子們都不得不發抖。

老實說，他們只是輸給了性慾。

趁著獸人族三公主舉行婚禮，自己也想努力找個女獸人當對象，卻無人理睬，錢也在長途旅程中花完了，就算最後淪落至當山賊一類，想必也會立刻遭到討伐而喪命吧，於是他們就聽了納札爾的勸。

魅魔處境困苦，這些人根本無所謂。

對象是魅魔也不要緊，他們想在死前留下美好的回憶。

只打著這種主意，滿不在乎地來到了魅魔國。

換句話說，他們等於是把魅魔當娼妓看待。

而那些歪念頭被魅魔女王看穿了。

想到這裡，他們不由得原地站直。

「……」

14.尾聲

或許自己會當場被榨乾喪命。

男子們正如此擔憂時，女王端正了坐姿。

接著，她優雅地效法智人低頭行禮。

「感謝智人族提供的協助。我魅魔女王迦梨凱勒，謹在此代替挨餓受苦的全體魅魔向各位致謝。」

抬起頭以後，迦梨凱勒臉上洋溢著柔和的笑容。

男子們都目瞪口呆，臉色卻逐漸放鬆，還羞赧似的笑了起來。

戰後根本就沒有女性肯對他們露出並非刻意為之的笑容，不，他們這群人幾乎連刻意為之的假笑都沒得看。

對他們來說，迦梨凱勒的笑容耀眼過頭了。

打扮火辣的女人規矩地坐著，同樣也耀眼過頭。

「這場謁見結束之後，我會派部下帶你們到房間。有什麼需求儘管就近找人吩咐。妮歐，妳來領路，帶這幾位到『餐廳』去。」

「是！」

迦梨凱勒交代完畢，妮歐便帶著男人們從房間離去。

當下男人們看著魅魔的屁股，固然會露出色瞇瞇的德性，但他們遲早都會知道，要每天供魅魔們「用餐」，將是辛勞程度遠超過自己想像的重勞動吧。

不過，短期內肯定能過上一段幸福的日子。

「納札爾殿下。儘管來得突然，有幸蒙你為本國召集到二十名之多的『儲糧』，在此我要誠摯致上謝意。」

「不會，我反而覺得人數太少，對貴國過意不去。回祖國後，我打算提出正式進行援助的議題。那部分要成事會相當不容易，希望妳別太過期待。」

「光是你有這份心，我便感激不已。」

「……哈哈，能讓魅魔用上敬語，感覺還真奇怪。」

「唯有對真正尊敬的人，魅魔才會用敬語。」

「那是我的榮幸。」

納札爾一面柔和地笑，一面心血來潮地說道：

「只是，我更希望妳能感謝另一名人物。」

「是哪位呢？」

「名字不能說……姑且稱他是個值得驕傲的男人吧。」

「好。」

迦梨凱勒明白納札爾想表達什麼，因而喜形於色。

14.尾聲

「這是當然。他若有需求，我等魅魔自當傾全族之力相助。」

迦梨凱勒想起前些日子還待在國內的綠半獸人。

肯為了魅魔如此盡力的半獸人，以往肯定從未有過，以後應該也找不到第二人了。

畢竟所謂的半獸人，原本該是貪婪骯髒的種族。

然而，單單有一名值得驕傲的戰士存在，種族的價值就會大幅提升。

「哪怕那麼做將會置魅魔族於危機當中……」

魅魔的聖域遭到破壞了。

然而，自古傳下的魅魔語言不會消失。歷史不會消失。

如同驕傲也不會消失。

既然如此，身為在位期間讓聖域被毀的女王，自己就該在蒙受汙名的同時，多留下向絕世英雄報恩的女王之名。

「因為魅魔有恩必報。」

迦梨凱勒妖豔地笑了笑。

後記

各位好久不見。我是理不尽な孫の手。

首先請容我藉這個場合，向拿起《半獸人英雄物語》第5集的各位致謝。

誠摯感謝各位讀者。

這次我也打算活力十足地提筆報告自己的近況。

咦，叫我寫關於作品的事？

哎呀，我當然也想針對第5集的劇情大書特書啊。

自己說這種話也怪不好意思，但是半獸人英雄物語這部作品，讀起來超有趣的吧？即使在這裡記下創作第5集所費的辛勞，也只會沖淡其趣味吧？我有這樣的想法。

沒有那種事？是嗎，那我就稍微寫一點嘍。

這次霸修前往了魅魔國。

想想我在很早的階段，就開始構思這個國家了，

後記

魅魔是只有女性的世界，國內的男人稀少，女人會索求男人，也就是所謂貞操觀念逆轉的世界。霸修相當受魅魔們尊敬。一旦霸修到了魅魔國，被抬舉的程度會是以往無法想像的。魅魔族屬於嚴格的軍事社會，在女王統率下井然有序，不過說話仍保有魅魔的語氣……

這些題材，想到時會覺得非常有趣，不過題材累積得越多，故事就越難編。

沒錯，這些個題材再怎麼有趣，還是跟劇情毫無關係。

倒不如說霸修要是去了魅魔國，會在那裡瞬間脫處，故事就結束了。

所以我非得想出霸修之所以不上魅魔的理由，更得想出他不惜撇開那個理由也要去魅魔國的理由。

於是我想出了「水靈」還有路德與路佳這對兄妹。

另外，再摻一點從第4集開始的格帝古茲復活大作戰的要素。

魅魔國篇就是這樣完成的。

要素有些過多，導致路德與路佳在故事裡邊緣化，是必須反省的一點，但我想不出更好的主意，因此也無可奈何。

總之，要是把這些思路記在心裡，再試著將第5集重讀一遍，或許就可以隱約看出我的創作方式而覺得有趣呢。

那麼，由於這次也有多出來的頁數，請容我寫些近況報告。

上次發生了許多狀況，我不幸成為殭屍，就一面侵襲所有生命體，一面度過了悠久漫長的時光，可是呢，前些日子我竟然治好殭屍的症狀了！

哎呀～真是久呢。實際的時間差不多過了一百萬年吧。因為腦子腐化了，所以我不太有時間經過的感覺就是了。體感上差不多才一年。

順帶一提，時代在這一百萬年的期間輪轉更替，人類好像滅亡過三次左右。人類誕生於某顆行星而後滅絕，又誕生於其他行星而後滅絕，接著又誕生於另一顆行星然後滅絕，狀況大致上就是這樣。

有一百萬年的時間，在其他行星也會進化出完全一樣的生物呢。

表示賦予的環境與條件相同，就會有相同的結果吧。

所以，嚴格來講我算是超古代文明的遺民，跟當代的人類不同。

話雖如此，如各位所知，我是個沒有多聰明的小說家，因此就算身為超古代文明的遺民，也沒有任何特殊的能力。

不過，讓我從殭屍狀態復甦的那群人，卻叫我挺身戰鬥。

據說他們好像是所謂的「邪惡組織」，讓我這種超古代文明人復活後，就把我當怪人使喚，還企圖要征服世界。

後記

很愚蠢耶。就算是超古代文明人，也未必強啊。

話雖這麼說，我對於征服世界也有自己的見解。畢竟我當過殭屍。曾經是導致人類滅絕的因素之一。真要說的話，我還當過太空殭屍，讓另一群人類滅亡過。

所以，我在想要不要打拚一下，不過，為了要決定地位順序，接下來怪人之間似乎要舉辦淘汰賽。

真希望他們饒了我，不過這也是加入組織後身不由己的宿命吧。

我有意打拚一下。

好的，前面交代得長了一點……

這次同樣為本作繪製了精美插圖的朝凪老師；由於《無職轉生》的工作而無法專注心力，被我添了莫大困擾的K編輯；其餘參與本書製作的全體相關人士；還有在小說家網站等候更新的各位讀者。

這次我同樣要誠心地感謝你們。

要是我能從這場地獄淘汰賽活下來，讓我們在第6集再會吧。

理不尽な孫の手

貞操逆轉世界的處男邊境領主騎士 1~2 待續

Kadokawa Fantastic Novels

作者：道造　插畫：めろん22

貫徹「尊嚴」的男騎士英雄傳記，
眾所期盼的第二幕！

初次上陣獲勝的法斯特回到波利多羅領過著悠哉的日子，但馬上又被叫回王都，這回要他擔任和平談判使者出訪鄰國維廉多夫。莉澤洛特女王建議他，和平談判的成敗端看能否斬斷「冷血女王」維廉多夫女王卡塔莉娜之心……？

各 **NT$260/HK$87**

公主騎士的小白臉 1~2 待續

Kadokawa Fantastic Novels

作者：白金透　插畫：マシマサキ

描述一名「小白臉」與其飼主的生存之道，
充滿震撼力的黑暗系異世界故事第二集！

挑戰迷宮的進度停滯，身體症狀也沒好轉，艾爾玟因而感到焦慮。太陽神教暗中拓展勢力，馬修的煩惱沒完沒了。就在這時，近衛騎士文森特在調查妹妹離奇死亡的真相。馬修被當成嫌犯帶走，被迫離開感到不安的艾爾玟身邊……

各 **NT$260~280/HK$87~93**

魔石傳記 獲得魔物力量的我是最強的！ 1~2待續

Kadokawa Fantastic Novels

作者：結城涼　插畫：成瀬ちさと

以「王」為目標的少年展現自己真正的價值
——覺醒的第二集！

多虧轉生特典，我可以從魔物的魔石中，盡情吸收能力！

作為王儲終於開始熱鬧的學園生活，然而在充實的新生活背後，卻發生了史上最嚴重的魔物災害。為了守護最重要的國家、最重要的人——就連「詛咒魔石」的力量，我都要化為己有！

各 **NT$240~250/HK$80~83**

國家圖書館出版品預行編目資料

半獸人英雄物語：忖度列傳/理不尽な孫の手作
; 鄭人彥譯. -- 初版. -- 臺北市：臺灣角川股份有
限公司, 2024.03-
冊；　公分. -- (Kadokawa fantastic novels)
譯自：オーク英雄物語：忖度列伝
ISBN 978-626-378-639-4(第5冊：平裝)

861.57　　113000362

Kadokawa
Fantastic
Novels

半獸人英雄物語 忖度列傳 5

（原著名：オーク英雄物語５忖度列伝）

２０２４年３月25日 初版第１刷發行

作者：理不尽な孫の手
插畫：朝凪
譯者：鄭人彥

發行人：台灣角川股份有限公司
總監：呂慧君
總編輯：蔡佩芬
主編：林秀儒
編輯：呂昊恩
設計指導：陳晞叡
美術設計：黃永漢
印務：李明修（主任）、張加恩（主任）、張凱棋

發行所：台灣角川股份有限公司
地址：１０４台北市中山區松江路２２３號３樓
電話：（02）2515-3000
傳真：（02）2515-0033
網址：www.kadokawa.com.tw
劃撥帳戶：台灣角川股份有限公司
劃撥帳號：19487412
法律顧問：有澤法律事務所
製版：尚騰印刷事業有限公司
ＩＳＢＮ：978-626-378-639-4